人间值得爱

汪曾祺 — 史铁生 — 季羡林 — 等著

好读 编

北京联合出版公司

只 为 优 质 阅 读

好读
Goodreads

我有所念人，隔在远乡。

父亲是个很随和的人，我很少见他发过脾气，对待子女，从无疾言厉色。

人生忽如寄
莫辜负茶
汤和好天气

她确信一个人不能仅仅是活着,
儿子得有一条路走向自己的幸福。

你说我的信很可爱，这是因为你是一个可爱的人，所以我写给你的信也跟着可爱了。

江深竹静雨三家　事多事红花映白花

为了你，我也有走向光明的热望，
世界不会于我太寂寞。

> 盡日復臥一
> 坐不離室中

人生本来就有许多解不开的谜，
让庸常的日子有了温馨的念想和思念。

咪妹

我回家吃中饭，总看见它坐在铁门外边，一见我进门，便飞也似的跑进去了。

目 录

辑一

家人闲坐，灯火可亲

我十七岁初恋，
暑假里，在家写情书，
他在一旁瞎出主意！

花边饺 ———————————————— 肖复兴 / 003
多年父子成兄弟 ———————————— 汪曾祺 / 006
母亲的牙齿 —————————————— 徐则臣 / 011
父子书 ———————————————— 陈年喜 / 016
秋天的怀念 —————————————— 史铁生 / 021
永恒的憧憬和追求 ——————————— 萧　红 / 024

辑二

尘归尘，土归土

在她去世之后，
她艰难的命运、坚忍的意志和毫不张扬的爱，
随光阴流转，在我的印象中愈加鲜明深刻。

母与子 —————————————— 季羡林 / 029

我的祖父祖母 ————————————— 汪曾祺 / 042

我与地坛 —————————————— 史铁生 / 052

怀念萧珊 —————————————— 巴　金 / 078

若子的病 —————————————— 周作人 / 095

风吹一生 —————————————— 徐则臣 / 100

辑三

醒来觉得甚是爱你

我寄你的信,总要送往邮局,
不喜欢放在街边的绿色邮筒中,
我总疑心那里会慢一点。

两地书(节选) ———————————— 许广平 / 109

红豆 ———————————————— 陆　蠡 / 112

海外寄霓君 —————————————— 朱　湘 / 115

致陆小曼 —————————————— 徐志摩 / 117

不只是欢喜而已 ———————————— 朱生豪 / 121

爱流汐涨 —————————————— 许地山 / 126

辑四

人间烟火味，最抚凡人心

松火柴在炉灶上吐着红焰，
带了缭绕的青烟，横过马路。
在下风头远远地嗅到一种烤肉香。

冬天 —————————————— 朱自清 / 131

湖畔夜饮 ———————————— 丰子恺 / 134

风檐尝烤肉 ————————— 张恨水 / 139

落花生 —————————————— 老　舍 / 142

喝得很慢的土豆汤 ————— 肖复兴 / 145

饮食男女在福州 —————— 郁达夫 / 152

辑五

漫品浮生，人间值得

别人不肯做，
或不能做的事，
她却能够做成功。

宗月大师 ———————————— 老　舍 / 165

回忆鲁迅先生 ————————— 萧　红 / 170

阿长与《山海经》 ————————— 鲁　迅 / 214

怀晚晴老人 ————————————— 夏丏尊 / 221

闹市闲民 —————————————— 汪曾祺 / 224

做人 ———————————————— 蔡　澜 / 227

辑六

万物生灵，特别可爱

我从小就喜爱小动物。
同小动物在一起，
别有一番滋味。

老猫 —————————————— 季羡林 / 235

告别白鸽 ————————————— 陈忠实 / 248

沙坪小屋的鹅 ———————————— 丰子恺 / 259

猫 ——————————————— 郑振铎 / 265

珍珠鸟 —————————————— 冯骥才 / 271

辑一

家人闲坐,灯火可亲

从祖父那里,
我知道了人生除掉了冰冷和憎恶而外,
还有温暖和爱。
所以我就向这"温暖"和"爱"的方面,
怀着永久的憧憬和追求。

花边饺

——肖复兴

小时候，包饺子是我家的一桩大事。那时候，家里生活拮据，吃饺子当然只能等到年节。平常的日子，破天荒包上一顿饺子，自然就成了全家人的节日。这时候，妈妈威风凛凛，最为得意，一手和面，一手调馅，馅调得又香又绵，面和得软硬适度，最后盆手两净，不沾一星面粉。然后妈妈指挥爸爸、弟弟和我，看火的看火、擀皮的擀皮、送皮的送皮，颇似沙场点兵。

一般，妈妈总要包两种馅的饺子，一种肉一种素。这时候，圆圆的盖帘上分两头码下不同馅的饺子，像是两军对弈，隔着楚河汉界。我和弟弟常捣乱，把饺子弄混，但妈妈不生气，用手指捅捅我和弟弟的脑瓜儿说："来，妈教你们包花边饺！"我和弟弟好奇地看妈妈将包了的饺子沿儿用手轻轻一捏，捏出一圈穗状的花边，煞是好看，像小姑娘头上戴了一圈花环。我们却不知道妈妈耍了一个小小的花招儿，她把肉馅的饺子都捏上花边，让我和弟弟连吃带玩地吞进肚里，自己和爸爸却吃那些素馅的饺子。

那段艰苦的岁月，妈妈的花边饺给了我们难忘的记忆。但是这些记忆，都是长到自己做了父亲的时候，才开始清晰起来，仿佛它一直沉睡着，必须让我们用经历的代价才可以把它唤醒。

自从我能写几本书以后，家里的经济状况好转，饺子不再是什么圣餐。想起那些个辛酸和我不懂事的日子，想起妈妈自父亲去世后独自一人艰难度日的情景，我想起码不能再让妈妈吃得受委屈了。我曾拉妈妈到外面的餐馆开开洋荤，她连连摇头："妈老了，腿脚不利索，懒得下楼啦！"我曾在菜市场买来新鲜的鱼肉或时令蔬菜，回到家里自己做，妈妈并不那么爱吃，只是尝几口便放下筷子。我便笑妈妈："您呀，真是享不了福！"

后来，我明白了，尽管世上食品名目繁多，人的胃口花样翻新，妈妈雷打不动只爱吃饺子。那是她老人家几十年一贯历久常新的最佳食谱。我知道唯一的方法是常包饺子。每逢我买回肉馅，妈妈看出要包饺子了，立刻麻利地系上围裙，先去和面，再去调馅，绝对不让别人插手。那精神气儿，又回到我们小时候。

那一年大年初二，全家又包饺子。我要给妈妈一个意外的惊喜，因为这一天是她老人家的生日。我包了一个带糖馅的饺子，放进盖帘上一圈圈饺子之中，然后对妈妈说："今儿您要吃着这个带糖馅的饺子，您一准儿是大吉大利！"

妈妈连连摇头笑着说："这么一大堆饺子，我哪儿那么巧能有福气吃到？"说着，她亲自把饺子下进锅里。饺子如一尾尾小银鱼在翻滚的水花中上下翻腾，充满生趣。望着妈妈昏花的老眼，我看出来她是想吃到那个糖饺子呢！

热腾腾的饺子盛上盘，端上桌，我往妈妈的碟中先拨上三个饺子。第二个饺子妈妈就咬着了糖馅，惊喜地叫了起来："哟！我真的吃到了！"我说："要不怎么说您有福气呢？"妈妈的眼睛笑得眯成了一条缝。

其实，妈妈的眼睛实在是太昏花了。她不知道我耍了一个小小的花招，用糖馅包了一个有记号的花边饺。

那曾是她老人家教我包过的花边饺。

1995年10月1日于北京

多年父子成兄弟

——汪曾祺

这是我父亲的一句名言。

父亲是个绝顶聪明的人。他是画家，会刻图章，画写意花卉。图章初宗浙派，中年后治汉印。他会摆弄各种乐器，弹琵琶，拉胡琴，笙箫管笛，无一不通。他认为乐器中最难的其实是胡琴，看起来简单，只有两根弦，但是变化很多，两手都要有功夫。他拉的是老派胡琴，弓子硬，松香滴得很厚——现在拉胡琴的松香都只滴了薄薄的一层。他的胡琴音色刚亮。胡琴码子都是他自己刻的，他认为买来的不中使。他养蟋蟀，养金铃子。他养过花，他养的一盆素心兰在我母亲病故那年死了，从此他就不再养花。我母亲死后，他亲手给她做了几箱子冥衣——我们那里有烧冥衣的风俗。按照母亲生前的喜好，选购了各种花素色纸作衣料，单夹皮棉，四时不缺。他做的皮衣能分得出小麦穗羊羔、灰鼠、狐肷。

父亲是个很随和的人，我很少见他发过脾气，对待子女，从无疾言厉色。他爱孩子，喜欢孩子，爱跟孩子玩，带着孩子玩。我的姑妈称他为"孩子头"。春天，不到清明，他领一群孩子到麦田里放风筝。放的是他自己糊的蜈蚣（我们那里叫"百脚"），是用染了色的绢糊的。放风筝的线是胡琴的老弦。老弦结实而轻，这样风筝可笔直地飞上去，没有"肚儿"。用胡琴弦放风筝，我还未见过第二人。清明节前，小麦还没有"起身"，是不怕践踏的，而且越踏会越长得旺。孩子们在屋里闷了一冬天，在春天的田野里奔跑跳跃，身心都极其畅快。他用钻石刀把玻璃裁成不同形状的小块，再一块一块逗拢，接缝处用胶水粘牢，做成小桥、小亭子、八角玲珑水晶球。桥、亭、球是中空的，里面养了金铃子。从外面可以看到金铃子在里面自在爬行，振翅鸣叫。他会做各种灯。用浅绿透明的"鱼鳞纸"扎了一只纺织娘，栩栩如生。用西洋红染了色，上深下浅，通草做花瓣，做了一个重瓣荷花灯，真是美极了。用小西瓜（这是拉秧的小瓜，因其小，不中吃，叫作"打瓜"或"笃瓜"）上开小口挖净瓜瓤，在瓜皮上雕镂出极细的花纹，做成西瓜灯。我们在这些灯里点了蜡烛，穿街过巷，邻居的孩子都跟过来看，非常羡慕。

父亲对我的学业是关心的，但不强求。我小时了了，国文成绩一直是全班第一。我的作文，时得佳评，他就拿出去到处给人看。我的数学不好，他也不责怪，只要能及格，就行了。他画画，我小时也喜欢画画，但他从不指点我。他画画时，我在旁边看，其余时间由我自己乱翻画谱，瞎抹。我对写意花卉那时还不太会欣赏，只是画一些鲜艳的大桃子，或者我从来没有见过的瀑布。我小时字写得不错，他倒是给我出过一点主意。在我写过一阵《圭峰碑》和《多宝塔》以后，他建议我写写《张猛龙》。这建议是很好的，到现在我写的字还有《张猛龙》的影响。我初中时爱唱戏，唱青衣，我的嗓子很好，高亮甜润。在家里，他拉胡琴，我唱。我的同学有几个能唱戏的。学校开同乐会，他应我的邀请，到学校去伴奏。几个同学都只是清唱。有一个姓费的同学借到一顶纱帽，一件蓝官衣，扮起来唱《朱砂井》，但是没有配角，没有衙役，没有犯人，只是一个赵廉，摇着马鞭在台上走了两圈，唱了一段"郿坞县在马上心神不定"，便完事下场。父亲那么大的人陪着几个孩子玩了一下午，还挺高兴。我十七岁初恋，暑假里，在家写情书，他在一旁瞎出主意！我十几岁就学会了抽烟喝酒。他喝酒，给我也倒一杯。抽烟，一次抽出两根，他一根，我一根。他还总是先给我点上火。我们的这种关系，他人或以为怪。父亲说："我们是多年父子成兄弟。"

我和儿子的关系也是不错的。我戴了"右派分子"的帽子下放张家口农村劳动，他那时还从幼儿园刚毕业，刚刚学会汉语拼音，用汉语拼音给我写了第一封信。我也只好赶紧学会汉语拼音，好给他写回信。"文化大革命"期间，我被打成"黑帮"，送进"牛棚"。偶尔回家，孩子们对我还是很亲热。我的老伴告诫他们"你们要和爸爸'划清界限'"，儿子反问母亲："那你怎么还给他打酒？"只有一件事，两代之间，曾有分歧。他下放山西忻县"插队落户"。按规定，春节可以回京探亲。我们等着他回来。不料他同时带回了一个同学。他的这个同学的父亲是一位正受林彪迫害、搞得人囚家破的空军将领。这个同学在北京已经没有家，按照大队的规定是不能回北京的。但是这孩子很想回北京，在一伙同学的秘密帮助下，我的儿子就偷偷地把他带回来了。他连"临时户口"也不能上，是个"黑人"。我们留他在家住，等于"窝藏"了他，公安局随时可以来查户口，街道办事处的大妈也可能举报。当时人人自危，自顾不暇，儿子惹了这么一个麻烦，使我们非常为难。我和老伴把他叫到我们的卧室，对他的冒失行为表示很不满。我责备他："怎么事前也不和我们商量一下！"我的儿子哭了，哭得很委屈，很伤心。我们当时立刻明白了：他是对的，我们是错的。我们这种怕担干系的思想是庸俗的。我们对儿子和同学之间的义气缺乏理解，对他的感情不够尊重。他的同学在我们家一直住了四十多天，才离去。

对儿子的几次恋爱，我采取的态度是"闻而不问"。了解，但不干涉。我们相信他自己的选择，他的决定。最后，他悄悄和一个小学时期的女同学好上了，结了婚。有了一个女儿，已近七岁。

我的孩子有时叫我"爸"，有时叫我"老头子"！连我的孙女也跟着叫。我的亲家母说这孩子"没大没小"。我觉得一个现代化的、充满人情味的家庭，首先必须做到"没大没小"。父母叫人敬畏，儿女"笔管条直"，最没有意思。

儿女是属于他们自己的。他们的现在，和他们的未来，都应由他们自己来设计。一个想用自己理想的模式塑造自己的孩子的父亲是愚蠢的，而且，可恶！另外，作为一个父亲，应该尽量保持一点童心。

1990年9月1日

母亲的牙齿

——徐则臣

小时候我总担心母亲丢了，或者被人冒名顶替。每次母亲出门前我都盯着她牙上的一个小黑点看，看仔细了，要是母亲走丢了，或者谁变了花样来冒充她，我就找这个小黑点，找到小黑点就找到了母亲，找不到它就不是我母亲。那小黑点是两颗牙齿之间极小的洞，笑的时候会露出来。我们生活在一个村庄里，念高中之前，除了偶尔走亲戚，我的活动范围只在方圆五公里以内。五公里处是镇上，我常跟爷爷去赶集。世界对我来说就这么大，所以世界外面的世界对我来说就很大，大到我不知道有多大，大到想起来我就两眼一抹黑心生恐惧，大到每次母亲出门我都担心她会在无穷大的世界里走丢了。

母亲每年要去一两次外婆家。外婆家离我家也就四五十公里，但因为跨了省，让我倍觉遥远；即使不跨省，四五十公里也不是个小数目，走丢个人不成问题。所以我担心。母亲出门前我就盯着她牙上的小黑点看，努力记忆到最完整全面，一旦该回来时母亲没回来，我就到世界上去找她；如果回来的是另外一个人，就算她长得和母亲像极了，我也要看她牙上的小黑点在不在。

过年前母亲也常出门，卖对联。很长时间里我家都不太宽裕，为补贴家用，爷爷每年秋后就开始写对联，积攒到春节前让母亲带到集市上去卖，换个年前年后的零花钱。我爷爷私塾出身，教过很多年书，写一手好字，长久不用也怕荒废，所以秋后闲下来，买红纸调焦墨，一门门对联开始写。十里八乡集市很多，年前的十来天里，每天母亲都得往外跑。年集总是非常拥挤，去晚了占不到好地势；天亮得又迟，早上母亲骑自行车出门时天都是黑的，冷飕飕的星星和月亮在头顶上。我不必起那么早，但如果我醒了，我都要在被窝里伸出脑袋看母亲的牙，那个小黑点。到晚上，天黑得也早，暮色一上来我就开始紧张，一遍遍朝巷口望。如果比正常回来时间迟，我和姐姐就一直往村西头的大路上走，母亲都是从那条路上回来。迎到了，即使在晚上我也看得清那是母亲，不过我还是要装作不经意，用手电筒照一下她的牙，我要确保那个小黑点在。

很多年后我常想起那个小黑点，我对它的信任竟如此确凿和莫名其妙。那时候我不会告诉任何人，担心说破了，小黑点也可以被伪造；我确信只有我一个人注意到它，它是证明一个人是母亲的最可靠、最隐秘的证据。我的确从来没有告诉过别人。

后来我年既长，事情完全调了个个儿，总在出门的是我，念书、工作、出差，到地球的另外一些地方去，而母亲却是常年待在了家里，小黑点陪着她也常年待在家里。她不必再卖对联，去外婆家可以搭车，去和回都可以遵循严格的时间表，不必再经受安全和未知的考验——我离我的村庄越来越远，进入世界越来越深。我明白一个人的消失和被篡改与替换，不会那么偶然与轻易，甚至持此念头都十分可笑。但是每次回家和出门，我依然都要盯着那个黑点看一看，然后头脑里闪过小时候的那个念头：这的确是母亲。成了习惯。

与此同时，母亲开始担心我在外面的安全和生活。我在哪里读书、工作和出差，她就开始关注哪里的天气和新闻，一有风吹草动就给我电话，最近如何如何，要当心。在国外也是。那些这辈子她都不会去的国家，那些此前半生她都没听说过的城市，母亲都尽力在电视上搜索它们的消息，只要见到一个和她儿子此行有关的信息，眼睛和耳朵就会立马警醒起来。过去，电视里所有絮絮叨叨的新闻节目她都要跳过去，现在养成了看新闻和天气预报的习惯；我在国内她就关注国内，我在国外她就关注国外。我现在美国中部的一个小城市待几天，她连白宫的新闻也顺带关心上了。我不知道她是否像我小时候那样，需要牙齿上的小黑点来确认一个人的身份，不过可以肯定的是，母亲总是比儿子担心母亲更担心儿子；我同样可以肯定，在母亲的后半生里，我和姐姐将会占满她几乎全部的思维。

我长大，那个小黑点也跟着长，我念大学时黑点已经蔓延了母亲的半颗牙齿，中间部分空了，成了龋齿。我不再需要通过一颗牙齿来确认自己的母亲，我只是总看到它，每次回家都发现它好像长大了一点儿。我跟母亲说，要不拔掉它换一颗。母亲不换，不耽误吃不耽误喝，换它干吗？乡村世界里的一切事情似乎都可以将就，母亲秉持这个通用的生活观；我似乎也是，至少回到乡村时，我觉得一切都可以不必太较真，过得去就行。于是每年看到黑点在长大，一年一年看到也就看到了，如此而已。

前两年某一天回家，突然发现母亲变了，我在母亲脸上看来看去：黑点不在了，换成一颗完好无损的牙齿。母亲说，那颗牙从黑洞处断掉，实在没法再用，找牙医拔了后补了新的。黑点不在，隐秘的证据就不在了，不过能换颗新的毕竟是好事。只是牙医技术欠佳，牙齿的大小和镶嵌的位置与其他牙齿不那么和谐，在众多牙齿里它比黑点还醒目。我说，找个好牙医换颗更好的吧。母亲还是那句话，这样挺好，不耽误吃不耽误喝，换它干吗？能将就的她依然要将就。别的可以凑合，但这颗牙齿我不打算让母亲凑合。它的确不合适。我在想，哪一次在家待的时间足够长，我带母亲去医院；既然黑点不在了，应该由一颗和黑点一样完美的牙齿来代替它。

2010年10月10日，奥马哈

父子书

——陈年喜

凯歌：

你好！

我们有多长时间没有见过面了？

记得最近一次分别时，天气异常炎热。我和你妈妈给老家地里的连翘树除草，这些连翘树是开春时栽下的，草长得比树还高，完全湮没树顶了。

那些天，你一个人在县城，白天去学校上课，晚上回租住屋做饭、睡觉。你妈妈老是叨叨：不知道今天吃饭了没有？是不是又睡过头没赶上去上课了？我就训她：你总不能一辈子不放手吧？其实我心里也急，急着把草除干净了好去忙别的事情，急着去看一看你的成绩单，翻翻你的作业本。但树草同性，又不能喷除草剂，三亩地，整整干了五天。

从过完春节正月初六出门，整整一年时间里，我就回了两次家。3月那次回去时间太紧，连老家都没回，惹得你奶奶很不开心。你爷爷走了，奶奶一个人住在山里，非常孤独。我们每天生活在拥挤的人群里也还是孤独的。

我知道，你那次也伤透了心，是不是现在还有恨我的气，我把你的手机砸碎了。我知道，这部手机是你初中三年省吃俭用，利用学校餐补费的剩余钱买的。对于我们这样一个家庭、对于你，它都奢侈到近于天物。我也知道，那个早晨，一颗少年的心，碎落了一地。问题是你不该天天泡在游戏里。

那天早晨，你妈妈去商洛医院复查身体，你的班主任给她打电话，让到学校去一下。问什么事儿，老师也不说。接到你妈妈的电话，我头一下子就大了。

说真的，我一辈子失败，唯一的希望就寄托在你身上，我一辈子怕看人脸色，所以很多年来我怕开家长会。当时我一下沮丧到早饭也不愿再做了。正在气头上，你放学回来了，手里手机里还在呜呜哇哇大战着游戏。

我曾无数次地问过你，为什么要沉迷于这样一款叫"天天酷跑"的游戏？你总是回答，你不懂。有一次被问急了，你说，这个玩成功了，也能挣钱，有人就挣到钱了。对这方面，我也许真的不懂。我也曾问过你对自己命运前途的设想，你总是说，没有设想，想也白想，走一步，看一步。这也是我得到的你的同龄人的多数回答。

看着你一天天长大、走远，向着我看不见的远方，我常常感到无能为力。我养育了你的身体，尽力满足你的物质需要，而在心灵的对换上，竟从来不是父亲。我不是，很多人都不是。

从你一岁半开始，我出门到处打工，到过新疆、青海、内蒙古、东北以及南边的云贵和广东，双脚走遍了不毛之地。除了一身伤病和满心沧桑，也没落下多少钱，这也是爸爸这一代大部分人的生活和命运。我也无法猜测，到了你们这一代，会是怎么的情状。

或许，物质上将会富足，而内心和精神会更奔突和动荡。物质和心灵永远不能合一，这是两者的宿命，也是人的宿命。

对于将来，我多希望你有多一点儿准备。现在，你能多读一些书、多一些思考。

你可能并不知道，一年来，我一直在北京西郊一个叫"工友之家"的地方工作。这是一个由外来打工者组织的公益机构。我每天的工作就是跟随负责旧物资回收的工友去北京各个地方接收人们捐赠的衣物。

有时也帮忙分拣、消毒，分批发往更加需要的西部和非洲。说不定老家收到的救济衣物，就有我亲手的劳动。

机构有十几家爱心超市，分布在工厂密集的地方，每件衣服只卖十元八元，目的是帮助那些工友。我买了一大纸箱，足够我们一家人穿十年有余。过年的时候，我就带回去。这份工作虽然很辛苦，但我愿意做。

每个星期天都有北京各高校的大学生和其他爱心志愿者来帮助工作，大家在一块，感到融洽又温暖。有人做了十几年，从学生时期一直做到成家立业还在乐此不疲。这是一种情怀，更是一种胸怀。有他们，这个世界虽不美好，但并不绝望。

在当当网上，我购买了一些书，因为这里不好收，我附了县城的地址，你把它们先放在靠墙那个桌斗里。我过年回家了读它们。我还是习惯读纸质文字，那种进入感，那种交融、碰撞、思维在纸上的流淌铺展感，是屏幕不能比的。我几乎读完了你从初中到现在的全部语文课本。

和我那个年代的内容比，它的丰富性、宽敞度、经典性提高了不知多少倍。单从这一点，真是羡慕你们。

对了，我要告诉你一个好消息，最近，我获得了2016年度中国工人诗歌桂冠奖。

一个沉甸甸的铜质奖杯和十万元钱。这个奖，从2016年开始，一年一届，获奖名额一年只有一名。这是对我二十几年写作、思考的肯定，也是对所有坚持思索、创造和抗争的诗歌探索者的肯定，实在太有意义了。

你看授奖词：

陈年喜很像传统中国的游民知识分子，离开乡村外出打工，辗转于社会底层，饱经世态炎凉。

不同于普通游民，他有一种自觉的文学书写意识；不同于传统士大夫或现代知识分子，他是以矿山爆破这样一种后者绝不可能从事的危险工种来谋生，具有顽强的生命活力。

作为一名有着十六年从业经验的爆破工，他把在洞穴深处打眼放炮、炸裂岩石的工作场景第一次带入中国诗歌，这既是大工业时代的经验，又是能够唤起人类原始生存场景的经验。

2016年，他因职业病离开矿山，而写作更上层楼，以《在皮村》和《美利坚叙事》两部沉郁厚重的组诗，聚焦新工人文化，思考全球化世界中普通劳动者的命运，从而将工人诗歌带到了一个新的高度。因此授予陈年喜2016年度桂冠工人诗人奖。

把这个好消息也告诉你妈妈，告诉全家人。

爸爸不是好父亲，但希望你是一个好儿子。你不仅是我的，也是生活以及未来将面对的纷繁世界的男儿！

爸爸

2017.2.15

秋天的怀念

——史铁生

双腿瘫痪后,我的脾气变得暴怒无常。望着望着天上北归的雁阵,我会突然把面前的玻璃砸碎;听着听着李谷一甜美的歌声,我会猛地把手边的东西摔向四周的墙壁。母亲就悄悄地躲出去,在我看不见的地方偷偷地听着我的动静。当一切恢复沉寂,她又悄悄地进来,眼边红红的,看着我。"听说北海的花儿都开了,我推着你去走走。"她总是这么说。母亲喜欢花,可自从我的腿瘫痪后,她侍弄的那些花都死了。"不,我不去!"我狠命地捶打这两条可恨的腿,喊着:"我可活什么劲!"母亲扑过来抓住我的手,忍住哭声说:"咱娘儿俩在一块儿,好好儿活,好好儿活……"

可我却一直都不知道,她的病已经到了那步田地。后来妹妹告诉我,她常常肝疼得整宿整宿翻来覆去地睡不了觉。

那天我又独自坐在屋里,看着窗外的树叶唰唰啦啦地飘落。母亲进来了,挡在窗前:"北海的菊花开了,我推着你去看看吧。"她憔悴的脸上现出央求般的神色。"什么时候?""你要是愿意,就明天?"她说。我的回答已经让她喜出望外了。"好吧,就明天。"我说。她高兴得一会儿坐下,一会儿站起:"那就赶紧准备准备。""哎呀,烦不烦?几步路,有什么好准备的!"她也笑了,坐在我身边,絮絮叨叨地说着:"看完菊花,咱们就去'仿膳',你小时候最爱吃那儿的豌豆黄儿。还记得那回我带你去北海吗?你偏说那杨树花是毛毛虫,跑着,一脚踩扁一个……"她忽然不说了。对于"跑"和"踩"一类的字眼儿,她比我还敏感。她又悄悄地出去了。

她出去了,就再也没回来。

邻居们把她抬上车时,她还在大口大口地吐着鲜血。我没想到她已经病成那样。看着三轮车远去,也绝没有想到那竟是永远的诀别。

邻居的小伙子背着我去看她的时候,她正艰难地呼吸着,像她那一生艰难的生活。别人告诉我,她昏迷前的最后一句话是:"我那个有病的儿子和我那个还未成年的女儿……"

又是秋天,妹妹推我去北海看了菊花。黄色的花淡雅,白色的花高洁，紫红色的花热烈而深沉，泼泼洒洒，秋风中正开得烂漫。我懂得母亲没有说完的话。妹妹也懂。我俩在一块儿，要好好儿活……

1981年

永恒的憧憬和追求

——萧红

一九一一年,在一个小县城里边,我生在一个小地主的家里。那县城差不多就是中国的最东最北部——黑龙江省——所以一年之中,倒有四个月飘着白雪。

父亲常常为着贪婪而失掉了人性。他对待仆人,对待自己的儿女,以及对待我的祖父都是同样的吝啬而疏远,甚至于无情。

有一次,为着房屋租金的事情,父亲把房客的全套的马车赶了过来。房客的家属们哭着诉说着,向我的祖父跪了下来,于是祖父把两匹棕色的马从车上解下来还了回去。

为着这两匹马,父亲向祖父起着终夜的争吵。"两匹马,咱们是算不了什么的,穷人,这两匹马就是命根。"祖父这样说着,而父亲还是争吵。九岁时,母亲死去。父亲也就更变了样,偶然打碎了一只杯子，他就要骂到使人发抖的程度。后来就连父亲的眼睛也转了弯，每从他的身边经过，我就像自己的身上生了针刺一样；他斜视着你，他那高傲的眼光从鼻梁经过嘴角而后往下流着。

所以每每在大雪中的黄昏里，围着暖炉，围着祖父，听着祖父读着诗篇，看着祖父读着诗篇时微红的嘴唇。

父亲打了我的时候，我就在祖父的房里，一直面向着窗子，从黄昏到深夜——窗外的白雪，好像白棉花一样飘着；而暖炉上水壶的盖子，则像伴奏的乐器似的振动着。

祖父时时把多纹的两手放在我的肩上，而后又放在我的头上，我的耳边便响着这样的声音：

"快快长吧！长大就好了。"

二十岁那年，我就逃出了父亲的家庭。直到现在还是过着流浪的生活。

"长大"是"长大"了，而没有"好"。

可是从祖父那里，知道了人生除掉了冰冷和憎恶而外，还有温暖和爱。

所以我就向这"温暖"和"爱"的方面，怀着永久的憧憬和追求。

1936年12月12日

辑二

尘归尘，土归土

那时她的儿子还太年轻，
还来不及为母亲想，
他被命运击昏了头，
一心以为自己是世上最不幸的一个，
不知道儿子的不幸在母亲那儿总是要加倍的。

母与子

——季羡林

一想到故乡,就想到一个老妇人。我自己也觉得奇怪:干皱的面纹,霜白的乱发,眼睛因为流泪多了镶着红肿的边,嘴瘪了进去。这样一张面孔,看了不是很该令人不适意的吗?为什么它总霸占住我的心呢?但是冉一想到,我是在怎样的一个环境里遇到了这老妇人,便立刻知道,她不但现在霸占住我的心,而且要永远地霸占住了。

现在回忆起来,还恍如眼前的事。去年的初秋,因为母亲的死,我在火车里闷了一天,在长途汽车里又颠荡了几天以后,又回到八年没曾回过的故乡去。现在已经不能确切地记得是什么时候,只记得我才到故乡的时候,树丛里还残留着一点浮翠;当我离开的时候就只有淡远的长天下一片凄凉的黄雾了。就在这浮翠里，我踏上印着自己童年游踪的土地。当我从远处看到自己的在烟云笼罩下的小村的时候，想到死去的母亲就躺在这烟云里的某一个角落里，我不能描写我的心情。像一团烈焰在心里烧着，又像严冬的厚冰积在心头。我迷惘地撞进了自己的家。在泪光里看着一切都在浮动。我更不能描写当我看到母亲的棺材时的心情。几次在梦里接受了母亲的微笑，现在微笑的人却已经睡在这木匣子里了。有谁有过同我一样的境遇的么？他大概知道我的心是怎样地绞痛了。我哭，我哭到一直不知道自己是在哭。渐渐地听到四周有嘈杂的人声围绕着我，似乎都在解劝我，都叫着我的乳名，自己听了，在冰冷的心里也似乎得到了点温热。又经过了许久，我才睁开眼，看到了许多以前熟悉现在都变了但也还能认得出来的面孔。除了自己家里的大娘婶子以外，我就看到了这个老妇人：干皱的面纹，霜白的乱发，眼睛因为流泪多了镶着红肿的边，嘴瘪了进去……

她就用这瘪了进去的嘴，一凹一凹地似乎对我说着什么话。我只听到絮絮的扯不断拉不断仿佛念咒似的低声，并没有听清她对我说的什么。等到阴影渐渐地从窗外爬进来，我从窗棂里看出去，小院里也织上了一层朦胧的暗色。我似乎比以前清楚了点，看到眼前仍然挤着许多人。在阴影里，每个人摆着一张阴暗苍白的面孔，却看不到这一凹一凹的嘴了。一打听，才知道，她就是同村的算起来比我长一辈的，应该叫作大娘之流的在我小时候也曾抱我玩过的一个老妇人。

以后，我过的是一个极端痛苦的日子。母亲的死使我对一切都灰心。以前也曾自己吹起过幻影：怎样在十几年的漂泊生活以后，回到故乡来，听到母亲的一声含有温热的呼唤，仿佛饮一杯甘露似的，给疲惫的心加一点生气，然后再冲到人世里去。现在这幻影终于证实了是个幻影，我现在是处在怎样一个环境里呢？寂寞冷落的屋里，墙上满布着灰尘和蛛网，正中放着一个大而黑的木匣子。这匣子装走了我的母亲，也装走了我的希望和幻影。屋外是一个用黄土堆成的墙围绕着的天井。墙上已经有了几处倾地的缺口，上面长着乱草。从缺口里看出去是另一片黄土的墙，黄土的屋顶，黄土的街道，接连着枣林里的一片淡淡的还残留着点绿色的黄雾，枣林的上面是初秋阴沉的也有点黄色的长天。我的心也像这许多黄的东西一样地黄，也一样地阴沉。一个丢掉希望和幻影的人，不也正该丢掉生趣吗？

我的心，虽然像黄土一样地黄，却不能像黄土一样地安定。我被圈在这样一个小的天井里：天井的四周都栽满了树。榆树最多，也有桃树和梨树。每棵树上都有母亲亲自砍伐的痕迹。在给烟熏黑了的小厨房里，还有母亲没死前吃剩的半个茄子，半棵葱。吃饭用的碗筷，随时用的手巾，都印有母亲的手泽和口泽。在地上的每一块砖上，每一块土上，母亲在活着的时候每天不知道要踏过多少次。这活着,并不渺远,一点都不;只不过是十天前。十天算是怎样短的一个时间呢?然而不管怎样短,就在十天后的现在,我却只看到母亲躺在这黑匣子里。看不到,永远也看不到,母亲的身影再在榆树和桃树中间,在这砖上,在黄的墙,黄的枣林,黄的长天下游动了。

虽然白天和夜仍然交替着来,我却只觉到有夜。在白天,我有颗夜的心。在夜里,夜长,也黑,长得莫名其妙,黑得更莫名其妙;更黑的还是我的心。我枕着母亲枕过的枕头,想到母亲在这枕头上想到她儿子的时候不知道流过多少泪,现在却轮到我枕着这枕头流泪了。凄凉零乱的梦萦绕在我的四周,我睡不熟。在朦胧里睁开眼睛,看到淡淡的月光从门缝里流进来,反射在黑漆的棺材上的清光。在黑影里,又浮起了母亲的凄冷的微笑。我的心在战栗,我渴望着天明。但夜更长,也更黑。这漫漫的长夜什么时候过去呢?我什么时候才能看到天光呢?

时间终于慢慢地走过去。白天里悲痛袭击着我,夜里黑暗压住了我的心。想到故都学校里的校舍和朋友,恍如回望云天里的仙阙,又像捉住了一个荒诞的古代的梦。眼前仍然是一片黄土色。每天接触到的仍然是一张张阴暗灰白的面孔。他们虽然都用天真又单纯的话和举动来对我表示亲热,但他们哪能了解我这一腔的苦水呢?我感觉到寂寞。

就在这时候,这老妇人每天总到我家里来看我。仍然是干皱的面纹，霜白的乱发，眼睛镶着红肿的边，嘴瘪了进去。就用瘪了进去的嘴一凹一凹地絮絮地说着话，以前我总以为她说的不过是同别人一样的劝解我的话，因为我并没曾听清她说的什么。现在听清了，才知道这一凹一凹的嘴里发出的并不是我想的那些话。她老向我问着外面的事情，尤其很关心地问着军队的事情。对于我母亲的死却一句也不提。我很觉得奇怪，我不明了她的用意。我在当时那种心情之下，有什么心绪同她闲扯呢？当她絮絮地扯不断拉不断地仿佛念咒似的说着话的时候，我仍然看到母亲的面影在各处飘，在榆树旁，在天井里，在墙角的阴影里。寂寞和悲哀仍然霸占住我的心。我有时也答应她一两句。她于是就絮絮地说下去，说，她怎样有一个儿子，她的独子，三年前因为在家没有饭吃，偷跑了出去当兵。去年只接到了他的一封信，说是不久就要开到不知道哪里去打仗。到现在又一年没信了。留下一个媳妇和一个孩子（说着指了指偎她身旁的一个肮脏的拖着鼻涕的小孩）。家里又穷，几年来年成又不好，媳妇时常哭……问我知道不知道他在什么地方。说着，在叹了几口气以后，晶莹的泪点顺着干瘪的面纹流下来，流过一凹一凹的嘴，落到地上去了。我知道，悲哀怎样啃着这老妇人的心。本来需要安慰的我也只好反过头来，安慰她几句，看她领着她的孙子沿着黄土的路踽踽地走去的渐渐消失的背影。

接连着几天的过午，她总领着她孙子来看我。她这孙子实在不高明，肮脏又淘气。他死死地缠住她。但是她却一点都不急躁。看着她孙子的拖着鼻涕的面孔，微笑就浮在她这瘪了进去的嘴旁。拍着他，嘴里哼着催眠曲似的歌。我知道，这单纯的老妇人怎样在她孙子身上发现了她儿子。她仍然絮絮地问着我，关于外面军队里的事情。问我知道她儿子在什么地方不。我也很想在谈话间隔的时候，问她一问我母亲活着时的情形，好使我这八年不见面的渴望和悲哀的烈焰消熄一点。她却只"唔唔"两声支吾过去，仍然絮絮地扯不断拉不断地仿佛念咒似的自己低语着，说她儿子小的时候怎样淘气，有一次，他打碎一个碗，她打了他一掌，他哭得真凶呢。大了怎样不正经做活。说到高兴的地方，也有一丝微笑掠过这干皱的脸。最后，又问我知道她儿子在什么地方不。我发现了这老妇人出奇的固执。我只好再安慰她两句。在黄昏的微光里，送她出去，眼看着她领着她的孙子在黄土道上踽踽地凄凉地走去，暮色压在她的微驼的背上。

就这样，有几个寂寞的过午和黄昏就度过了。间或有一两天，这老妇人因为有事没来看我。我自己也受不住寂寞的袭击，常出去走走。紧靠着屋后是一个大坑，汪洋一片水，有外面的小湖那样大。是秋天，前面已经说过。坑里丛生着的芦草都顶着白茸茸的花。望过去，像一片银海。芦花的里面是水。从芦花稀处，也能看到深碧的水面。我曾整个过午坐在这水边的芦花丛里，看水面反射的静静的清光。间或有一两条小鱼冲出水面来喋喋着。一切都这样静。母亲的面影仍然浮动在我眼前。我想到童年时候怎样在这里洗澡；怎样在夏天里，太阳出来以前，水面还发着蓝黑色的时候，沿着坑边去摸鸭蛋；倘若摸到一个的话，拿给母亲看的时候，母亲的微笑怎样在当时的童稚的心灵里开成一朵花；怎样又因为淘气，被母亲在后面追打着，当自己被逼紧了跳下水去站在水里回头看岸上的母亲的时候，母亲却因了这过分顽皮的举动，笑了，自己也笑……然而这些美丽的回忆，却随了母亲给死吞噬了去，只剩了一把两把的眼泪。我要问，母亲怎么会死了？我究竟是什么东西？但一切都这样静。我眼前闪动着各种的幻影。芦花流着银光，水面上反射着青光，夕阳的残晖照在树梢上发着金光：这一切都混杂地搅动在我眼前，像一串串的金星，又像迸发的火花。里面仍然闪动着母亲的面影，也是一串串地——我忘记了自己，忘记了一切，像浮在一个荒诞的神话里，踏着暮色走回家了。

有时候，我也走到场里去看看。豆子谷子都从田地里用牛车拖了来，堆成一个个小山似的垛。有的也摊开来在太阳里晒着。老牛拖着石碾在上面转，有节奏地摆动着头。驴子也摇着长耳朵在拖着车走。在正午的沉默里，只听到豆荚在阳光下开裂时毕剥的响声和柳树下老牛的喘气声。风从割净了庄稼的田地里吹了来，带着土的香味。一切都沉默。这时候，我又往往调到这个老妇人，领着她的孙子，从远远的田地里顺着一条小路走了来，手里间或拿着几支玉蜀黍秸。霜白的发被风吹得轻微地颤动着。一见了我，立刻红肿的眼睛里也仿佛有了光辉。站住便同我说起话来。嘴一凹一凹地说过了几句话以后，立刻转到她的儿子身上。她自己又低着头絮絮地扯不断拉不断地仿佛念咒似的说起来。又说到她儿子小的时候怎样淘气。有一次他摔碎了一个碗。她打了他一掌，他哭得真凶呢。他大了又怎样不正经做活。说到高兴的地方，干皱的脸上仍然浮起微笑。接着又问到我外面军队上的情形，问我知道他在什么地方、见过他没有。她还要我保证，他不会被人打死的。我只好再安慰安慰她，说我可以带信给他，叫他家来看她。我看到她那一凹一凹的干瘪的嘴旁又浮起了微笑。旁边看的人，一听到她又说这一套，早走到柳荫下看牛去了。我打发她回家去，仍然让沉默笼罩着这正午的场。

　　这样也终于没能延长多久，在由一个乡间的阴阳先生按着什么天干地支找出的所谓"好日子"的一天，我从早晨就穿了白布袍子，听着一个人的暗示。他暗示我哭，我就伏在地上咧开嘴嚎啕地哭一阵，正哭得淋漓的时候，他忽然暗示我停止，我也只好立刻收了泪。在收了泪的时候，就又可以从泪光里看来来往往的各样的吊丧的人，也就嚎啕过几场，又被一个人牵着东走西走。跪下又站起，一直到自己莫名其妙，这才看到有几十个人去抬母亲的棺材了。这里，我不愿意，实在是不可能，说出我看到母亲的棺材被人抬动时的心痛。以前母亲的棺材在屋里，虽然死仿佛离我很远，但只隔一层木板里面就躺着母亲。现在却被抬到深的永恒黑暗的洞里去了。我脑筋里有点糊涂。跟了棺材沿着坑走过了一段长长的路，到了墓地。又被拖着转了几个圈子……不知怎样脑筋里一闪，却已经给人拖到家里来了。又像我才到家时一样，渐渐听到四周有嘈杂的人声围绕着我，似乎又在说着同样的话。过了一会，我才听到有许多人都说着同样的话，里面杂着絮絮的扯不断拉不断的仿佛念咒似的低语。我听出是这老妇人的声音，但却听不清她说的什么，也看不到她那一凹一凹的嘴了。

在我清醒了以后，我看到的是一个变过的世界。尘封的屋里，没有了黑亮的木匣子。我觉得一切都空虚寂寞。屋外的天井里，残留在树上的一点浮翠也消失到不知哪儿去了。草已经都转成黄色，耸立在墙头上，在秋风里打颤。墙外一片黄土的墙更黄；黄土的屋顶，黄土的街道也更黄；尤其黄的是枣林里的一片黄雾，接连着更黄更黄的阴沉的秋的长天。但顶黄顶阴沉的却仍然是我的心。一个对一切都感到空虚和寂寞的人，不也正该丢掉希望和幻影吗？

又走近了我的行期。在空虚和寂寞的心上，加上了一点绵绵的离情。我想到就要离开自己漂泊的心所寄托的故乡。以后，闻不到土的香味，看不到母亲住过的屋子、母亲的墓，也踏不到母亲曾经踏过的地。自己心里说不出是什么味。在屋里觉得窒息，我只好出去走走。沿着屋后的大坑踱着。看银耀的芦花在过午的阳光里闪着光，看天上的流云，看流云倒在水里的影子。一切又都这样静。我看到这老妇人从穿过芦花丛的一条小路上走了来。霜白的乱发，衬着霜白的芦花，一片辉耀的银光。极目苍茫微明的云天在她身后伸展出去，在云天的尽头，还可以看到一点点的远村。这次没有领着她的孙子。神气也有点匆促，但掩不住干皱的面孔上的喜悦。手里拿着有一点红颜色的东西，递给我，是一封信。除了她儿子的信以外，她从没接到过别人的信。所以，她虽然不认字，也可以断定这是她儿子的信。因为村里人没有能念信的，于是赶来找我。她站在我面前，脸上充满了微笑，红肿的眼里也射出喜悦的光，瘪了进去的嘴仍然一凹一凹地动着，但却没有絮絮的念咒似的低语了。信封上的红线因为淋过雨扩成淡红色的水痕。看邮戳，却是半年前在河南南部一个做过战场的县城里寄出的。地址也没写对，所以经过许多时间的辗转。但也居然能落到这老妇人手里。我的空虚的心里，也因了这奇迹，有了点生气。拆开看，寄信人却不是她儿子，是另一个同村的跑去当兵的。大意说，她儿子已经阵亡了，请她找一个人去运回他的棺材。我的手战栗起来。这不正给这老妇人一个致命的打击吗？我抬眼又看到她脸上抑压不住的微笑。我知道这老人是怎样切望得到一个好消息。我也知道，倘若我照实说出来，会有怎样一幅悲惨的景象展开在我眼前。我只好对她说，她儿子现在很好，已经升了官，不久就可以回家来看她。她喜欢得流下眼泪来。嘴一凹一凹地动着，她又扯不断拉不断地絮絮地对我说起来。不厌其详地说到她儿子各样的好处；怎样她昨天夜里还做了一个梦，梦着他回来。我看到这老妇人把信揣在怀里转身走去的渐渐消失的背影，我再能说什么话呢？

  第二天，我便离开我故乡里的小村。临走，这老妇人又来送我。领着她的孙子，脸上堆满了笑意。她不管别人在说什么话，总絮絮地扯不断拉不断地仿佛念咒似的自己低语着。不厌其详地说到她儿子的好处，怎样她昨天夜里还做了一个梦，梦见她儿子回来，她儿子已经升成了官了。嘴一凹一凹地急促地动着。我身旁的送行的人的脸色渐渐有点露出不耐烦，有的也就躲开了。我偷偷地把这信的内容告诉别人，叫他在我走了以后慢慢地转告给这老妇人。或者简直就不告诉她。因为，我想，好在她不会再有许多年的活头，让她抱住一个希望到坟墓里去吧。当我离开这小村的一刹那，我还看到这老妇人的眼睛里的喜悦的光辉，干瘪的面孔上浮起的微笑……

  不一会儿，回望自己的小村，早在云天苍茫之外，触目尽是长天下一片凄凉的黄雾了。

在颠簸的汽车里，在火车里，在驴车里，我仍然看到这圣洁的光辉，圣洁的微笑，那老妇人手里拿着那封信。我知道，正像装走了母亲的大黑匣子装走了我的希望和幻影，这封信也装走了她的希望和幻影。我却又把这希望和幻影替她拴在上面，虽然不知道能拴得久不。

经过了萧瑟的深秋，经过了阴暗的冬，看死寂凝定在一切东西上。现在又来了春天。回想故乡的小村，正像在故乡里回想到故都一样。恍如回望云天里的仙阙，又像捉住了一个荒诞的古代的梦了。这个老妇人的面孔总在我眼前盘桓：干皱的面纹，霜白的乱发，眼睛因为流泪多了镶着红肿的边，嘴瘪了进去。又像看到她站在我面前，絮絮地扯不断拉不断地仿佛念咒似的低语着，嘴一凹一凹地在动。先仿佛听到她向我说，她儿子小的时候怎样淘气，怎样有一次他摔碎了一个碗，她打了他一巴掌，他哭。又仿佛看到她手里拿着一封雨水渍过的信，脸上堆满了微笑，说到她儿子的好处，怎样她做了一个梦，梦着他回来……然而，我却一直没接到故乡里的来信。我不知道别人告诉她她儿子已经死了没有，倘若她仍然不知道的话，她愿意把自己的喜悦说给别人，却没有人愿意听。没有我这样一个忠实的听者，她不感到寂寞吗？倘若她已经知道了，我能想象，大的晶莹的泪珠从干皱的面纹里流下来，她这瘪了进去的嘴一凹一凹地，她在哭，她又哭晕了过去……不知道她现在还活在人间没有？——我们同样都是被厄运踏在脚下的苦人，当悲哀正在啃着我的心的时候，我怎忍再看你那老泪浸透你的面孔呢？请你不要怨我骗你吧，我为你祝福！

1934年4月1日

我的祖父祖母

——汪曾祺

我的祖父名嘉勋,字铭甫。他的本名我只在名帖上见过。我们那里有个风俗,大年初一,多数店铺要把东家的名帖投到常有来往的别家店铺。初一,店铺是不开门的,都是天不亮由门缝里插进去。名帖是前两天由店铺的"相公"(学生)在一张一张八寸长、五寸宽的大红纸上用一个木头戳子蘸了墨汁盖上去的,楷书,字有核桃大。我有时也愿意盖几张。盖名帖使人感到年就到了。我盖一张,总要端详一下那三个乌黑的欧体正字:汪嘉勋,好像对这三个字很有感情。

祖父中过拔贡,是前清末科,从那以后就废科举改学堂了。他没有能考取更高的功名,大概是终身遗憾的。拔贡是要文章写得好的。听我父亲说,祖父的那份墨卷是出名的,那种章法叫作

"夹凤股"。我不知道是该叫"夹凤"还是"夹缝",当然更不知道是如何一种"夹"法。拔贡是做不了官的。功名道断,他就在家经营自己的产业。他是个创业的人。

我们家原是徽州人(据说全国姓汪的原来都是徽州人),迁居高邮,从我祖父往上数,才七代。祠堂里的祖宗牌位没有多少块。高邮汪家上几代功名似都不过举人,所做的官也只是"教谕""训导"之类的"学官",因此,在邑中不算望族。我的曾祖父曾在外地坐过馆,后来做"盐票"亏了本。"盐票"亦称"盐引",是包给商人销售官盐的执照,大概是近似股票之类的东西,我也弄不清做盐票怎么就会亏了,甚至把家产都赔尽了。听我父亲说,我们后来的家业是祖父几乎是赤手空拳地创出来的。

创业不外两途:置田地,开店铺。

祖父手里有多少田,我一直不清楚。印象中大概在两千多亩,这是个不小的数目。但他的田好田不多。一部分在北乡。北乡田瘦,有的只能长草,谓之"草田"。年轻时他是亲自管田的,常常下乡。后来请人代管,田地上的事就不再过问。我们那里有一种人,专替大户人家管田产,叫作"田禾先生"。看青(估产)、收租、完粮、丈地……这也是一套学问。田禾先生大都是世代相传的。我们家的田禾先生姓龙,我们叫他龙先生。他给我留下颇深的印象,是因为他骑驴。我们那里的驴一般都是牵磨用，极少用来乘骑。龙先生的家不在城里，在五里坝。他每逢进城办事或到别的乡下去，都是骑驴。他的驴拴在檐下，我爱喂它吃粽子叶。龙先生总是关照我把包粽子的麻筋拣干净，说是驴吃了会把肠子缠住。

祖父所开的店铺主要是两家药店，一家万全堂，在北市口，一家保全堂，在东大街。这两家药店过年贴的春联是祖父自撰的。万全堂是"万花仙掌露，全树上林春"，保全堂是"保我黎民，全登寿域"。祖父的药店信誉很好，他坚持必须卖"地道药材"。药店一般倒都不卖假药，但是常常不很地道。尤其是丸散，常言"神仙难识丸散"，连做药店的内行都不能分辨这里该用的贵重药料，麝香、珍珠、冰片之类是不是上色足量。万全堂的制药的过道上挂着一副金字对联："修合虽无人见，存心自有天知"，并非虚语。我们县里有几个门面辉煌的大药店，店里的店员生了病，配方抓药，都不在本店，叫家里人到万全堂抓。祖父并不到店问事，一切都交给"管事"（经理）。只到每年腊月二十四，由两位管事挟了总账，到家里来，向祖父报告一年营业情况。因为信誉好，盈利是有保证的。我常到两处药店去玩，尤其是保全堂，几乎每天都去。我熟悉一些中药的加工过程，熟悉药材的形状、颜色、气味。有时也参加搓"梧桐子大"的蜜丸，碾药，摊膏药。保全堂的"管事"、"同事"（配药的店员）、"相公"（学生意未满师的）跟我关系很好。他们对我有一个很亲切的称呼，不叫我的名字，叫"黑少"——我小名叫黑子。我这辈子没有人这样称呼过我。我的小说《异秉》写的就是保全堂的生活。

祖父是很有名的眼科医生。汪家世代都是看眼科的。他有一球眼药，有一个柚子大，黑咕隆咚的。祖父给人看了眼，开了方子，祖母就用一把大剪子从黑柚子的窟窿抠出耳屎大一小块，用纸包了交给病人，嘱咐病人用清水化开，用灯草点在眼里。这一球眼药不知道有多少年头了，据说很灵。祖父为人看眼病是不收钱也不受礼的。

中年以后，家道渐丰，但是祖父生活俭朴，自奉甚薄。他爱喝一点好茶，西湖龙井。饭食很简单。他总是一个人吃，在堂屋一侧放一张"马机"——较大的方凳，便是他的餐桌。坐小板凳。他爱吃长鱼（鳝鱼）汤下面。面下在白汤里，汤里的长鱼捞出来便是酒菜。——他每顿用一个五彩釉画公鸡的茶盅喝一盅酒。没有长鱼，就用咸鸭蛋下酒。一个咸鸭蛋吃两顿。上顿吃一半，把蛋壳上掏蛋黄蛋白的小口用一块小纸封起来，下顿再吃。他的马机上从来没有第二样菜。喝了酒，常在房里大声背唐诗："李白斗酒诗百篇，长安市上酒家眠。天子呼来不上船，自称臣是酒……中……仙……"汪铭甫的俭省，在我们县是有名的。

但是他曾有一个时期舍得花钱买古董字画。他有一套商代的彝鼎，是祭器。不大，但都有铭文。难得的是五件能配成一套。我们县里有钱人家办丧事，六七开吊，常来借去在供桌上摆一天。有一个大霁红花瓶，高可四尺，是明代物。1986年我回乡时，我的妹婿问我："人家都说汪家有个大霁红花瓶，是有过么？"我说："有过！"我小时天天看见，放在"老爷柜"（神案）上，不过我们并不觉得它有什么名贵，和老爷柜上的锡香炉烛台同等看待之。他有一个奇怪古董：浑天仪。不是陈列在南京紫金山天文台和北京观象台的那种大家伙，只是一个直径约四寸的铜的滴溜圆的圆球，上面有许多星星，下面有一个把，安在紫檀木座上。就放在他床前的小条桌上。我曾趴在桌上细细地看过，没有什么好看。是明代御造的。其珍贵处在一次一共只造了几个。祖父不知是从哪里买来的。他还为此起了一个斋名"浑天仪室"，让我父亲刻了一块长方形的图章。他有几张好画。有四幅马远的小屏条。他曾为这四张画亲自到苏州去，请有名的细木匠做了檀木框，把画嵌在里面。对这四幅画的真伪，我有点怀疑，画的构图颇满，不像"马一角"。但"年份"是很旧的。有一个高约八尺的绢地大中堂，画的是"报喜图"。一棵很大的柏树，树上有十多只喜鹊，下面卧着一头豹子。作者是吕纪。我小时候不知吕纪是何许人，只觉得画得很像，豹子的毛是一根一根都画出来的，真亏他有那么多工夫！这几幅画平常是不让人见的，只在他六十大寿时拿出来挂过。同时挂出来的字画，我记得有郑板桥的六尺大横幅，纸本，画的是兰花；陈曼生的隶书对联；汪琬的楷书对联。我对汪琬的对子很有兴趣，字很端秀，尤其是对子的纸，真好看，豆绿色的蜡笺。他有很多字帖，是一次从夏家买下来的。夏家是百年以上的大家，号"十八鹤来堂夏家"（据说堂建成时有十八只仙鹤飞来）。夏家的房屋极多而大，花园里有合抱的大桂花，有曲沼流泉，人称"夏家花园"。后来败落了，就出卖藏书字画。祖父把几箱字帖都买了。我小时候写的《圭峰碑》《闲邪公家传》，以及后来奖励给我的虞世南的《夫子庙堂碑》、褚遂良的《圣教序》、小字《麻姑仙坛》，都是初拓本，原是夏家的东西。祖父有两件宝。一是一块蕉叶白大端砚。据我父亲说，颜色正如芭蕉叶的背面。是夏之蓉的旧物。一是《云麾将军碑》，据说是个很早的拓本，海内无二，这两样东西祖父视为性命，每遇"兵荒"，就叫我父亲首先用油布包了埋起来。这两件宝物，我都没有看见过。解放后还在，现在不知下落。

我弄不清祖父的"思想"是怎么回事。他是幼读孔孟之书的，思想的基础当然是儒家。他是学佛的，在教我读《论语》的桌上有一函《南无妙法莲华经》。他是印光法师的弟子。他屋里的桌上放的两部书，一部是顾炎武的《日知录》，另一部是《红楼梦》！更不可理解的是，他订了一份杂志：邹韬奋编的《生活周刊》。

我的祖父本来是有点浪漫主义气质，诗人气质的，只是因为所处的环境，使他的个性不可能得到发展。有一年，为了避乱，他和我父亲这一房住在乡下一个小庙里，即我的小说《受戒》所写的菩提庵里，就住在小说所写"一花一世界"那间小屋里。这样他就常常让我陪他说说闲话。有一天，他喝了酒，忽然说起年轻时的一段风流韵事，说得老泪纵横。我没怎么听明白，又不敢问个究竟。后来我问父亲："是有那么一回事吗？"父亲说："有！是一个什么大官的姨太太。"老人家不知为什么要跟他的孙子说起他的艳遇，大概他的尘封的感情也需要宣泄宣泄吧。因此我觉得我的祖父是个人。

我的祖母是谈人格的女儿。谈人格是同光间本县最有名的诗人，一县人都叫他"谈四太爷"。我的小说《徙》里所写的谈甓渔就是参照一些关于他的传说写的。他的诗我在小说《故里杂记·李三》的附注里引用过一首《警火》。后来又读了友人从旧县志里抄出寄来的几首。他的诗明白晓畅，是"元和体"，所写多与治水、修坝、筑堤有关，是"为事而发"，属闲适一类者较少。看来他是一个关心世务的明白人，县人所传关于他的糊涂放诞的故事不怎么可靠。

祖母是个很勤劳的人，一年四季不闲着。做酱。我们家吃的酱油都不到外面去买。把酱豆瓣加水熬透，用一个牛腿似的布兜子"吊"起来，酱油就不断由布兜的末端一滴一滴滴在盆里。这

"酱油兜子"就挂在祖母所住房外的廊檐上。逢年过节,有客人,都是她亲自下厨。她做的鱼圆非常嫩。上坟祭祖的祭菜都是她做的。端午,包粽子。中秋洗"连枝藕"——藕得有五节,极肥白,是供月亮用的。做糟鱼。糟鱼烧肉,我小时候不爱吃那种味儿,现在想起来是很好吃的东西。腌咸蛋。入冬,腌菜。腌"大咸菜",用一个能容五担水的大缸腌"青菜"。我的家乡原来没有大白菜,只有青菜,似油菜而大得多。腌芥菜。腌"辣菜"——小白菜晾去水分,入芥末同腌,过年时开坛,色如淡金,辣味冲鼻,极香美。自离家乡,我从来没吃过这么好吃的咸菜。风鸡——大公鸡不去毛,揉入粗盐,外包荷叶,悬之于通风处,约二十日即得,久则愈佳。除夕,要吃一顿"团圆饭",祖父与儿孙同桌。团圆饭必有一道鸭羹汤,鸭丁与山药丁、慈姑丁同煮。这是徽州菜。大年初一,祖母头一个起来,包"大圆子",即汤团。我们家的大圆子特别"油"。圆子馅前十天就以洗沙猪油拌好,每天放在饭锅头蒸一次,油都"吃"进洗沙里去了,煮出,咬破,满嘴油。这样的圆子我最多能吃四个。

祖母的针线很好。祖父的衣裳鞋袜都是她缝制的。祖父六十岁时,祖母给他做了几双"挖云子"的鞋——黑呢鞋面上挖出"云子",内衬大红薄呢里子。这种鞋我只在戏台上和古画上见过。老太爷穿上,高兴得像个孩子。祖母还会剪花样。我的小说

《受戒》写小英子的妈赵大娘会剪花样，这细节是从我祖母身上借去的。

祖母对祖父照料得非常周到。每天晚上用一个"五更鸡"（一种点油的极小的炉子）给他炖大枣。祖父想吃点甜的，又没有牙，祖母就给他做花生酥——花生用饼槌碾细，掺绵白糖，在一个针箍子（即顶针）里压成一个个小圆糖饼。

祖母是吃长斋的。有一年祖父生了一场大病，她在佛前许愿，从此吃了长斋。她吃的菜离不了豆腐、面筋、皮子（豆腐皮）……她的素菜里最好吃的是香蕈（即冬菇）饺子。香蕈熬汤，荠菜馅包小饺子，油炸后倾入滚汤中，刺啦一声。这道菜她一生中也没有吃过几次。

她没有休息的时候。没事时也总在捻麻线。一个牛拐骨，上面有个小铁钩，续入麻丝后，用手一转牛拐，就捻成了麻线。我不知道她捻那么多麻线干什么，肯定是用不完的。小时候读归有光的《先妣事略》："孺人不忧米盐，乃劳苦若不谋夕"，觉得我的祖母就是这样的人。

祖母很喜欢我。夏天晚上，我们在天井里乘凉，她有时会摸着黑走过来，躺在竹床上给我"说古话"（讲故事）。有时她唱"偈"，声音哑哑的："观音老母站桥头……"这是我听她唱过的唯一的"歌"。

1991年10月，我回了一趟家乡，我的妹妹、弟弟说我长得像祖母。他们拿出一张祖母的六寸相片,我一看,是像,尤其是鼻子以下,两腮,嘴,都像。我年轻时没有人说过我像祖母。大概年轻时不像,现在,我老了,像了。

1992年1月22日

我与地坛

——史铁生

一

我在好几篇小说中都提到过一座废弃的古园,实际上就是地坛。许多年前旅游业还没有开展,园子荒芜冷落得如同一片野地,很少被人记起。

地坛离我家很近。或者说我家离地坛很近。总之,只好认为这是缘分。地坛在我出生前四百多年就坐落在那儿了,而自从我的祖母年轻时带着我父亲来到北京,就一直住在离它不远的地方——五十多年间搬过几次家,可搬来搬去总是在它周围,而且是越搬离它越近了。我常觉得这中间有着宿命的味道:仿佛这古园就是为了等我,而历尽沧桑在那儿等待了四百多年。

它等待我出生,然后又等待我活到最狂妄的年龄上忽地残废了双腿。四百多年里,它一面剥蚀了古殿檐头浮夸的琉璃,淡褪了门壁上炫耀的朱红,坍圮了一段段高墙又散落了玉砌雕栏,祭坛四周的老柏树愈见苍幽,到处的野草荒藤也都茂盛得自在坦荡。这时候想必我是该来了。十五年前的一个下午,我摇着轮椅进入园中,它为一个失魂落魄的人把一切都准备好了。那时,太阳循着亘古不变的路途正越来越大,也越红。在满园弥漫的沉静光芒中,一个人更容易看到时间,并看见自己的身影。

自从那个下午我无意中进了这园子,就再没长久地离开过它。我一下子就理解了它的意图。正如我在一篇小说中所说的:"在人口密聚的城市里,有这样一个宁静的去处,像是上帝的苦心安排。"

两条腿残废后的最初几年,我找不到工作,找不到去路,忽然间几乎什么都找不到了,我就摇了轮椅总是到它那儿去,仅为着那儿是可以逃避一个世界的另一个世界。我在那篇小说中写道:"没处可去我便一天到晚耗在这园子里。跟上班下班一样,别人去上班我就摇了轮椅到这儿来。""园子无人看管,上下班时间有些抄近路的人从园中穿过,园子里活跃一阵,过后便沉寂下来。""园墙在金晃晃的空气中斜切下一溜阴凉,我把轮椅开进去,把椅背放倒,坐着或是躺着,看书或者想事,撅一杈树枝左右拍打，驱赶那些和我一样不明白为什么要来这世上的小昆虫。""蜂儿如一朵小雾稳稳地停在半空；蚂蚁摇头晃脑捋着触须，猛然间想透了什么，转身疾行而去；瓢虫爬得不耐烦了，累了，祈祷一回便支开翅膀，忽悠一下升空了；树干上留着一只蝉蜕，寂寞如一间空屋；露水在草叶上滚动，聚集，压弯了草叶轰然坠地摔开万道金光。""满园子都是草木竞相生长弄出的响动，窸窸窣窣窸窸窣窣片刻不息。"这都是真实的记录，园子荒芜但并不衰败。

除去几座殿堂我无法进去，除去那座祭坛我不能上去而只能从各个角度张望它，地坛的每一棵树下我都去过，差不多它的每一米草地上都有过我的车轮印。无论是什么季节，什么天气，什么时间，我都在这园子里待过。有时候待一会儿就回家，有时候就待到满地上都亮起月光。记不清都是在它的哪些角落里了，我一连几小时专心致志地想关于死的事，也以同样的耐心和方式想过我为什么要出生。这样想了好几年，最后事情终于弄明白了：一个人，出生了，这就不再是一个可以辩论的问题，而只是上帝交给他的一个事实；上帝在交给我们这件事实的时候，已经顺便保证了它的结果，所以死是一件不必急于求成的事，死是一个必然会降临的节日。这样想过之后我安心多了，眼前的一切不再那么可怕。比如你起早熬夜准备考试的时候，忽然想起有一个长长的假期在前面等待你，你会不会觉得轻松一点儿？并且庆幸并且感激这样的安排？

　　剩下的就是怎样活的问题了。这却不是在某一个瞬间就能完全想透的，不是能够一次性解决的事，怕是活多久就要想它多久了，就像是伴你终生的魔鬼或恋人。所以，十五年了，我还是总得到那古园里去，去它的老树下或荒草边或颓墙旁，去默坐，去呆想，去推开耳边的嘈杂理一理纷乱的思绪，去窥看自己的心魂。十五年中，这古园的形体被不能理解它的人肆意雕琢，幸好有些东西是任谁也不能改变它的。譬如祭坛石门中的落日，寂静的光辉平铺的一刻，地上的每一个坎坷都被映照得灿烂；譬如在园中最为落寞的时间，一群雨燕便出来高歌，把天地都叫喊得苍凉；譬如冬天雪地上孩子的脚印，总让人猜想他们是谁，曾在哪儿做过些什么，然后又都到哪儿去了；譬如那些苍黑的古柏，你忧郁的时候它们镇静地站在那儿，你欣喜的时候它们依然镇静地站在那儿，它们没日没夜站在那儿从你没有出生一直站到这个世界上又没了你的时候；譬如暴雨骤临园中，激起一阵阵灼烈而清纯的草木和泥土的气味，让人想起无数个夏天的事件；譬如秋风忽至，再有一场早霜，落叶或飘摇歌舞或坦然安卧，满园中播散着熨帖而微苦的味道。味道是最说不清楚的，味道不能写只能闻，要你身临其境去闻才能明了。味道甚至是难于记忆的，只有你又闻到它你才能记起它的全部情感和意蕴。所以我常常要到那园子里去。

二

现在我才想到，当年我总是独自跑到地坛去，曾经给母亲出了一个怎样的难题。

她不是那种光会疼爱儿子而不懂得理解儿子的母亲。她知道我心里的苦闷，知道不该阻止我出去走走，知道我要是老待在家里结果会更糟，但她又担心我一个人在那荒僻的园子里整天都想些什么。我那时脾气坏到极点，经常是发了疯一样地离开家，从那园子里回来又中了魔似的什么话都不说。母亲知道有些事不宜问，便犹犹豫豫地想问而终于不敢问，因为她自己心里也没有答案。她料想我不会愿意她跟我一同去，所以她从未这样要求过，她知道得给我一点儿独处的时间，得有这样一段过程。她只是不知道这过程得要多久和这过程的尽头究竟是什么。每次我要动身时，她便无言地帮我准备，帮助我上了轮椅车，看着我摇车拐出小院。这以后她会怎样，当年我不曾想过。

有一回我摇车出了小院，想起一件什么事又返身回来，看见母亲仍站在原地，还是送我走时的姿势，望着我拐出小院去的那处墙角，对我的回来竟一时没有反应。待她再次送我出门的时候，她说："出去活动活动，去地坛看看书，我说这挺好。"许多年以后我才渐渐听出，母亲这话实际上是自我安慰，是暗自的祷告，是给我的提示，是恳求与嘱咐。只是在她猝然去世之后，我才有余暇设想，当我不在家里的那些漫长的时间，她是怎样心神不定坐卧难宁，兼着痛苦与惊恐与一个母亲最低限度的祈求。现在我可以断定，以她的聪慧和坚忍，在那些空落的白天后的黑夜，在那不眠的黑夜后的白天，她思来想去最后准是对自己说："反正我不能不让他出去，未来的日子是他自己的，如果他真的在那园子里出了什么事，这苦难也只好我来承担。"在那段日子里——那是好几年前的一段日子，我想我一定使母亲做过最坏的准备了，但她从来没有对我说过："你为我想想。"事实上我也真的没为她想过。那时她的儿子还太年轻，还来不及为母亲想，他被命运击昏了头，一心以为自己是世上最不幸的一个，不知道儿子的不幸在母亲那儿总是要加倍的。她有一个长到二十岁上忽然截瘫了的儿子，这是她唯一的儿子；她情愿截瘫的是自己而不是儿子，可这事无法代替；她想，只要儿子能活下去哪怕自己去死呢也行，可她又确信一个人不能仅仅是活着，儿子得有一条路走向自己的幸福；而这条路呢，没有谁能保证她的儿子最终能找到——这样一个母亲，注定是活得最苦的母亲。

有一次与一个作家朋友聊天，我问他学写作的最初动机是什么？他想了一会儿说："为我母亲。为了让她骄傲。"我心里一惊，良久无言。回想自己最初写小说的动机，虽不似这位朋友的那般单纯，但如他一样的愿望我也有，且一经细想，发现这愿望也在全部动机中占了很大比重。这位朋友说："我的动机太低俗了吧？"我光是摇头，心想低俗并不见得低俗，只怕是这愿望过于天真了。他又说："我那时真就是想出名，出了名让别人羡慕我母亲。"我想，他比我坦率。我想，他又比我幸福，因为他的母亲还活着。而且我想，他的母亲也比我的母亲运气好，他的母亲没有一个双腿残废的儿子，否则事情就不这么简单。

在我的头一篇小说发表的时候，在我的小说第一次获奖的那些日子里，我真是多么希望我的母亲还活着。我便又不能在家里待了，又整天整天独自跑到地坛去，心里是没头没尾的沉郁和哀怨，走遍整个园子却怎么也想不通：母亲为什么就不能再多活两年？为什么在她儿子就快要碰撞开一条路的时候，她却忽然熬不住了？莫非她来此世上只是为了替儿子担忧，却不该分享我的一点点快乐？她匆匆离我去时才只有四十九岁呀！有那么一会儿，我甚至对世界对上帝充满了仇恨和厌恶。后来我在一篇题为《合欢树》的文章中写道："坐在小公园安静的树林里，我闭上眼睛，想：上帝为什么早早地召母亲回去呢？很久很久，迷迷糊糊地，我听见了回答：'她心里太苦了。上帝看她受不住了，就召她回去。'我似乎得到一点儿安慰，睁开眼睛，看见风正从树林里穿过。"小公园，指的也是地坛。

只是到了这时候，纷纭的往事才在我眼前幻现得清晰，母亲的苦难与伟大才在我心中渗透得深彻。上帝的考虑，也许是对的。

　　摇着轮椅在园中慢慢走，又是雾罩的清晨，又是骄阳高悬的白昼，我只想着一件事：母亲已经不在了。在老柏树旁停下，在草地上在颓墙边停下，又是处处虫鸣的午后，又是鸟儿归巢的傍晚，我心里只默念着一句话：可是母亲已经不在了。把椅背放倒，躺下，似睡非睡挨到日没，坐起来，心神恍惚，呆呆地直坐到古祭坛上落满黑暗然后再渐渐浮起月光，心里才有点儿明白，母亲不能再来这园中找我了。

　　曾有过好多回，我在这园子里待得太久了，母亲就来找我。她来找我又不想让我发觉，只要见我还好好地在这园子里，她就悄悄转身回去。我看见过几次她的背影。我也看见过几回她四处张望的情景，她视力不好，端着眼镜像在寻找海上的一条船。她没看见我时我已经看见她了，待我看见她也看见我了我就不去看她，过一会儿我再抬头看她就又看见她缓缓离去的背影。我单是无法知道有多少回她没有找到我。有一回我坐在矮树丛中，树丛很密，我看见她没有找到我。她一个人在园子里走，走过我的身旁，走过我经常待的一些地方，步履茫然又急迫。我不知道她已经找了多久还要找多久，我不知道为什么我决意不喊她——但这绝不是小时候的捉迷藏，这也许是出于长大了的男孩子的倔强或羞涩？但这倔强只留给我痛悔，丝毫也没有骄傲。我真想告诫所有长大了的男孩子，千万不要跟母亲来这套倔强，羞涩就更不必，我已经懂了可我已经来不及了。

儿子想使母亲骄傲，这心情毕竟是太真实了，以致使"想出名"这一声名狼藉的念头也多少改变了一点儿形象。这是个复杂的问题，且不去管它了罢。随着小说获奖的激动逐日暗淡，我开始相信，至少有一点我是想错了：我用纸笔在报刊上碰撞开的一条路，并不就是母亲盼望我找到的那条路。年年月月我都到这园子里来，年年月月我都要想，母亲盼望我找到的那条路到底是什么。母亲生前没给我留下过什么隽永的哲言，或要我恪守的教诲，只是在她去世之后，她艰难的命运、坚忍的意志和毫不张扬的爱，随光阴流转，在我的印象中愈加鲜明深刻。

有一年，十月的风又翻动起安详的落叶，我在园中读书，听见两个散步的老人说："没想到这园子有这么大。"我放下书，想，这么大一座园子，要在其中找到她的儿子，母亲走过了多少焦灼的路。多年来我头一次意识到，这园中不单是处处都有过我的车辙，有过我的车辙的地方也都有过母亲的脚印。

三

如果以一天中的时间来对应四季，当然春天是早晨，夏天是中午，秋天是黄昏，冬天是夜晚。如果以乐器来对应四季，我想春天应该是小号，夏天是定音鼓，秋天是大提琴，冬天是圆号和长笛。要是以这园子里的声响来对应四季呢？那么，春天是祭坛上空飘浮着的鸽子的哨音，夏天是冗长的蝉歌和杨树叶子哗啦啦地对蝉歌的取笑，秋天是古殿檐头的风铃响，冬天是啄木鸟随意而空旷的啄木声。以园中的景物对应四季，春天是一径时而苍白时而黑润的小路，时而明朗时而阴晦的天上摇荡着串串杨花；夏天是一条条耀眼而灼人的石凳，或阴凉而爬满了青苔的石阶，阶下有果皮，阶上有半张被坐皱的报纸；秋天是一座青铜的大钟，在园子的西北角上曾丢弃着一座很大的铜钟，铜钟与这园子一般年纪，浑身挂满绿锈，文字已不清晰；冬天，是林中空地上几只羽毛蓬松的老麻雀。以心绪对应四季呢？春天是卧病的季节，否则人们不易发觉春天的残忍与渴望；夏天，情人们应该在这个季节里失恋，不然就似乎对不起爱情；秋天是从外面买一棵盆花回家的时候，把花搁在阔别了的家中，并且打开窗户把阳光也放进屋里，慢慢回忆慢慢整理一些发过霉的东西；冬天伴着火炉和书，一遍遍坚定不死的决心，写一些并不发出的信。还可以用艺术形式对应四季，这样春天就是一幅画，夏天是一部长篇小说，秋天是一首短歌或诗，冬天是一群雕塑。以梦呢？以梦对应四季呢？春天是树尖上的呼喊，夏天是呼喊中的细雨，秋天是细雨中的土地，冬天是干净的土地上的一只孤零的烟斗。

因为这园子，我常感恩于自己的命运。

我甚至现在就能清楚地看见，一旦有一天我不得不长久地离开它，我会怎样想念它，我会怎样想念它并且梦见它，我会怎样因为不敢想念它而梦也梦不到它。

四

现在让我想想，十五年中坚持到这园子来的人都是谁呢？好像只剩了我和一对老人。

十五年前，这对老人还只能算是中年夫妇，我则货真价实还是个青年。他们总是在薄暮时分来园中散步，我不大弄得清他们是从哪边的园门进来，一般来说他们是逆时针绕这园子走。男人个子很高，肩宽腿长，走起路来目不斜视，胯以上直至脖颈挺直不动，他的妻子攀了他一条胳膊走，也不能使他的上身稍有松懈。女人个子却矮，也不算漂亮，我无端地相信她必出身于家道中衰的名门富族；她攀在丈夫胳膊上像个娇弱的孩子，她向四周观望似总含着恐惧，她轻声与丈夫谈话，见有人走近就立刻怯怯地收住话头。我有时因为他们而想起冉阿让与柯赛特，但这想法并不巩固，他们一望即知是老夫老妻。两个人的穿着都算得上考究，但由于时代的演进，他们的服饰又可以称为古朴了。他们和我一样，到这园子里来几乎是风雨无阻，不过他们比我守时。我什么时间都可能来，他们则一定是在暮色初临的时候。刮风时他们穿了米色风衣，下雨时他们打了黑色的雨伞，夏天他们的衬衫是白色的裤子是黑色的或米色的，冬天他们的呢子大衣又都是黑色的，想必他们只喜欢这三种颜色。他们逆时针绕这园子一周，然后离去。他们走过我身旁时只有男人的脚步响，女人像是贴在高大的丈夫身上跟着漂移。我相信他们一定对我有印象，但是我们没有说过话，我们互相都没有想要接近的表示。十五年中，他们或许注意到一个小伙子进入了中年，我则看着一对令人羡慕的中年情侣不觉中成了两个老人。

曾有过一个热爱唱歌的小伙子，他也是每天都到这园中来，来唱歌，唱了好多年，后来不见了。他的年纪与我相仿，他多半是早晨来，唱半小时或整整唱一个上午，估计在另外的时间里他还得上班。我们经常在祭坛东侧的小路上相遇，我知道他是到东南角的高墙下去唱歌，他一定猜想我去东北角的树林里做什么。我找到我的地方，抽几口烟，便听见他谨慎地整理歌喉了。他反反复复唱那么几首歌。"文革"没过去的时候，他唱"蓝蓝的天上白云飘，白云下面马儿跑……"，我老也记不住这歌的名字。"文革"后，他唱《货郎与小姐》中那首最为流传的咏叹调。"卖布——卖布嘞，卖布——卖布嘞！"我记得这开头的一句他唱得很有声势，在早晨清澈的空气中，货郎跑遍园中的每一个角落去恭维小姐。"我交了好运气，我交了好运气，我为幸福唱歌曲……"然后他就一遍一遍地唱，不让货郎的激情稍减。依我听来，他的技术不算精到，在关键的地方常出差错，但他的嗓子是相当不坏的,而且唱一个上午也听不出一点儿疲惫。太阳也不疲惫,把大树的影子缩小成一团,把疏忽大意的蚯蚓晒干在小路上。将近中午,我们又在祭坛东侧相遇,他看一看我,我看一看他,他往北去,我往南去。日子久了,我感到我们都有结识的愿望,但似乎都不知如何开口,于是互相注视一下终又都移开目光擦身而过;这样的次数一多,便更不知如何开口了。终于有一天——一个丝毫没有特点的日子,我们互相点了一下头,他说:"你好。"我说:"你好。"他说:"回去啦?"我说:"是,你呢?"他说:"我也该回去了。"我们都放慢脚步(其实我是放慢车速),想再多说几句,但仍然是不知从何说起,这样我们就都走过了对方,又都扭转身子面向对方。他说:"那就再见吧。"我说:"好,再见。"便互相笑笑各走各的路了。但是我们没有再见,那以后,园中再没了他的歌声,我才想到,那天他或许是有意与我道别的,也许他考上了哪家专业的文工团或歌舞团了吧?真希望他如他歌里所唱的那样,交了好运气。

还有一些人,我还能想起一些常到这园子里来的人。有一个老头,算得一个真正的饮者;他在腰间挂一个扁瓷瓶,瓶里当然装满了酒,常来这园中消磨午后的时光。他在园中四处游逛,如果你不注意你会以为园中有好几个这样的老头,等你看过了他卓尔不群的饮酒情状,你就会相信这是个独一无二的老头。他的衣着过分随便,走路的姿态也不慎重,走上五六十米路便选定一处地方，一只脚踏在石凳上或土埂上或树墩上，解下腰间的酒瓶，解酒瓶的当儿眯起眼睛把一百八十度视角内的景物细细看一遭，然后以迅雷不及掩耳之势倒一大口酒入肚，把酒瓶摇一摇再挂向腰间，平心静气地想一会儿什么，便走下一个五六十米去。还有一个捕鸟的汉子，那岁月园中人少，鸟却多，他在西北角的树丛中拉一张网，鸟撞在上面，羽毛鈒在网眼里便不能自拔。他单等一种过去很多而现在非常罕见的鸟，其他的鸟撞在网上他就把它们摘下来放掉，他说已经有好多年没等到那种罕见的鸟了，他说他再等一年看看到底还有没有那种鸟，结果他又等了好多年。早晨和傍晚，在这园子里可以看见一个中年女工程师，早晨她从北向南穿过这园子去上班，傍晚她从南向北穿过这园子回家，事实上我并不了解她的职业或者学历，但我以为她必是学理工的知识分子，别样的人很难有她那般的素朴并优雅。当她在园子穿行的时刻，四周的树林也仿佛更加幽静，清淡的日光中竟似有悠远的琴声，比如说是那曲《献给艾丽丝》才好。我没有见过她的丈夫，没有见过那个幸运的男人是什么样子，我想象过却想象不出，后来忽然懂了想象不出才好，那个男人最好不要出现。她走出北门回家去，我竟有点儿担心，担心她会落入厨房，不过，也许她在厨房里劳作的情景更有另外的美吧，当然不能再是《献给艾丽丝》，是个什么曲子呢？还有一个人，是我的朋友，他是个最有天赋的长跑家，但他被埋没了。他因为在"文革"中出言不慎而坐了几年牢，出来后好不容易找了个拉板车的工作，样样待遇都不能与别人平等，苦闷极了便练习长跑。那时他总来这园子里跑，我用手表为他计时，他每跑一圈向我招一下手，我就记下一个时间。每次他要环绕这园子跑二十圈，大约两万米。他盼望以他的长跑成绩来获得政治上真正的解放，他以为记者的镜头和文字可以帮他做到这一点。第一年他在春节环城赛上跑了第十五名，他看见前十名的照片都挂在了长安街的新闻橱窗里，于是有了信心。第二年他跑了第四名，可是新闻橱窗里只挂了前三名的照片，他没灰心。第三年他跑了第七名，橱窗里挂前六名的照片，他有点儿怨自己。第四年他跑了第三名，橱窗里却只挂了第一名的照片。第五年他跑了第一名——他几乎绝望了，橱窗里只有一幅环城赛群众场面的照片。那些年我们俩常一起在这园子里待到天黑，开怀痛骂，骂完沉默着回家，分手时再互相叮嘱：先别去死，再试着活一活看。现在他已经不跑了，年岁太大了，跑不了那么快了。最后一次参加环城赛，他以三十八岁之龄又得了第一名并破了纪录，有一位专业队的教练对他说："我要是十年前发现你就好了。"他苦笑一下什么也没说，只在傍晚又来这园中找到我，把这事平静地向我叙说一遍。不见他已有好几年了，现在他和妻子和儿子住在很远的地方。

这些人现在都不到园子里来了，园子里差不多完全换了一批新人。十五年前的旧人，现在就剩我和那对老夫老妻了。有那么一段时间，这老夫老妻中的一个也忽然不来，薄暮时分唯男人独自来散步，步态也明显迟缓了许多，我悬心了很久，怕是那女人出了什么事。幸好过了一个冬天那女人又来了，两个人仍是逆时针绕着园子走，一长一短两个身影恰似钟表的两支指针；女人的头发白了许多，但依旧攀着丈夫的胳膊走得像个孩子。"攀"这个字用得不恰当了，或许可以用"搀"吧，不知有没有兼具这两个意思的字。

五

我也没有忘记一个孩子——一个漂亮而不幸的小姑娘。十五年前的那个下午，我第一次到这园子里来就看见了她，那时她大约三岁，蹲在斋宫西边的小路上捡树上掉落的"小灯笼"。那儿有几棵大栾树，春天开一簇簇细小而稠密的黄花，花落了便结出无数如同三片叶子合抱的小灯笼，小灯笼先是绿色，继而转白，再变黄，成熟了掉落得满地都是。小灯笼精巧得令人爱惜，成年人也不免捡了一个还要捡一个。小姑娘咿咿呀呀地跟自己说着话，一边捡小灯笼。她的嗓音很好，不是她那个年龄所常有的那般尖细，而是很圆润甚或是厚重，也许是因为那个下午园子里太安静了。我奇怪这么小的孩子怎么一个人跑来这园子里？我问她住在哪儿，她随手指一下，就喊她的哥哥，沿墙根一带的茂草之中便站起一个七八岁的男孩,朝我望望,看我不像坏人便对他的妹妹说:"我在这儿呢!"又伏下身去。他在捉什么虫子。他捉到螳螂、蚂蚱、知了和蜻蜓,来取悦他的妹妹。有那么两三年,我经常在那几棵大栾树下见到他们,兄妹俩总是在一起玩,玩得和睦融洽,都渐渐长大了些。之后有很多年没见到他们。我想他们都在学校里吧,小姑娘也到了上学的年龄,必是告别了孩提时光,没有很多机会来这儿玩了。这事很正常,没理由太搁在心上,若不是有一年我又在园中见到他们,肯定就会慢慢把他们忘记。

那是个礼拜日的上午。那是个晴朗而令人心碎的上午,时隔多年,我竟发现那个漂亮的小姑娘原来是个弱智的孩子。我摇着车到那几棵大栾树下去,恰又是遍地落满了小灯笼的季节。当时我正为一篇小说的结尾所苦,既不知为什么要给它那样一个结尾,又不知何以忽然不想让它有那样一个结尾,于是从家里跑出来,想依靠着园中的镇静,看看是否应该把那篇小说放弃。我刚刚把车停下,就见前面不远处有几个人在戏耍一个少女,做出怪样子来吓她,又喊又笑地追逐她拦截她,少女在几棵大树间惊惶地东跑西躲,却不松手揪卷在怀里的裙裾,两条腿袒露着也似毫无察觉。我看出少女的智力是有些缺陷,却还没看出她是谁。我正要驱车上前为少女解围,就见远处飞快地骑车来了个小伙子,于是那几个戏耍少女的家伙望风而逃。小伙子把自行车支在少女近旁，怒目望着那几个四散逃窜的家伙，一声不吭喘着粗气，脸色如暴雨前的天空一样一会儿比一会儿苍白。这时我认出了他们，小伙子和少女就是当年那对小兄妹。我几乎是在心里惊叫了一声，或者是哀号。世上的事常常使上帝的居心变得可疑。小伙子向他的妹妹走去。少女松开了手，裙裾随之垂落了下来，很多很多她捡的小灯笼便洒落了一地，铺散在她脚下。她仍然算得上漂亮，但双眸迟滞没有光彩。她呆呆地望着那群跑散的家伙，望着极目之处的空寂，凭她的智力绝不可能把这个世界想明白吧？大树下，破碎的阳光星星点点，风把遍地的小灯笼吹得滚动，仿佛喑哑地响着无数小铃铛。哥哥把妹妹扶上自行车后座，带着她无言地回家去了。

无言是对的。要是上帝把漂亮和弱智这两样东西都给了这个小姑娘，就只有无言和回家去是对的。

谁又能把这世界想个明白呢？世上的很多事是不堪说的。你可以抱怨上帝何以要降诸多苦难给这人间，你也可以为消灭种种苦难而奋斗，并为此享有崇高与骄傲，但只要你再多想一步你就会坠入深深的迷茫了：假如世界上没有了苦难，世界还能够存在么？要是没有愚钝，机智还有什么光荣呢？要是没了丑陋，漂亮又怎么维系自己的幸运？要是没有了恶劣和卑下，善良与高尚又将如何界定自己又如何成为美德呢？要是没有了残疾，健全会否因其司空见惯而变得腻烦和乏味呢？我常梦想着在人间彻底消灭残疾，但可以相信，那时将由患病者代替残疾人去承担同样的苦难。如果能够把疾病也全数消灭，那么这份苦难又将由（比如说）相貌丑陋的人去承担了。就算我们连丑陋，连愚昧和卑鄙和一切我们所不喜欢的事物和行为，也都可以统统消灭掉，所有的人都一样健康、漂亮、聪慧、高尚，结果会怎样呢？怕是人间的剧目就全要收场了，一个失去差别的世界将是一潭死水，是一块没有感觉没有肥力的沙漠。

看来差别永远是要有的。看来就只好接受苦难——人类的全部剧目需要它，存在的本身需要它。看来上帝又一次对了。

于是就有一个最令人绝望的结论等在这里：由谁去充任那些苦难的角色？又由谁去体现这世间的幸福、骄傲和快乐？只好听凭偶然，是没有道理好讲的。

就命运而言，休论公道。

那么，一切不幸命运的救赎之路在哪里呢？

设若智慧或悟性可以引领我们去找到救赎之路，难道所有的人都能够获得这样的智慧和悟性吗？

我常以为是丑女造就了美人。我常以为是愚氓举出了智者。我常以为是懦夫衬照了英雄。我常以为是众生度化了佛祖。

六

设若有一位园神,他一定早已注意到了,这么多年我在这园里坐着,有时候是轻松快乐的,有时候是沉郁苦闷的,有时候优哉游哉,有时候恓惶落寞,有时候平静而且自信,有时候又软弱,又迷茫。其实总共只有三个问题交替着来骚扰我,来陪伴我。第一个是要不要去死,第二个是为什么活,第三个,我干吗要写作。

现在让我看看,它们迄今都是怎样编织在一起的吧。

你说,你看穿了死是一件无须乎着急去做的事,是一件无论怎样耽搁也不会错过的事,便决定活下去试试?是的,至少这是很关键的因素。为什么要活下去试试呢?好像仅仅是因为不甘心,机会难得,不试白不试,腿反正是完了,一切仿佛都要完了,但死神很守信用,试一试不会额外再有什么损失。说不定倒有额外的好处呢是不是?我说过,这一来我轻松多了,自由多了。为什么要写作呢?作家是两个被人看重的字,这谁都知道。为了让那个躲在园子深处坐轮椅的人,有朝一日在别人眼里也稍微有点儿光彩,在众人眼里也能有个位置,哪怕那时再去死呢也就多少说得过去了。开始的时候就是这样想,这不用保密,这些现在不用保密了。

我带着本子和笔，到园中找一个最不为人打扰的角落，偷偷地写。那个爱唱歌的小伙子在不远的地方一直唱。要是有人走过来，我就把本子合上把笔叼在嘴里。我怕写不成反落得尴尬。我很要面子。可是你写成了，而且发表了。人家说我写得还不坏，他们甚至说：真没想到你写得这么好。我心说你们没想到的事还多着呢。我确实有整整一宿高兴得没合眼。我很想让那个唱歌的小伙子知道，因为他的歌也毕竟是唱得不错。我告诉我的长跑家朋友的时候，那个中年女工程师正优雅地在园中穿行。长跑家很激动，他说好吧，我玩命跑，你玩命写。这一来你中了魔了，整天都在想哪一件事可以写，哪一个人可以让你写成小说。是中了魔了，我走到哪儿想到哪儿，在人山人海里只寻找小说。要是有一种小说试剂就好了，见人就滴两滴看他是不是一篇小说；要是有一种小说显影液就好了，把它泼满全世界看看都是哪儿有小说。中了魔了，那时我完全是为了写作活着。结果你又发表了几篇，并且出了一点儿小名，可这时你越来越感到恐慌。我忽然觉得自己活得像个人质，刚刚有点儿像个人了却又过了头，像个人质，被一个什么阴谋抓了来当人质，不定哪天被处决，不定哪天就完蛋。你担心要不了多久你就会文思枯竭，那样你就又完了。凭什么我总能写出小说来呢？凭什么那些适合做小说的生活素材就总能送到一个截瘫者跟前来呢？人家满世界跑都有枯竭的危险，而我坐在这园子里凭什么可以一篇接一篇地写呢？你又想到死了。我想见好就收吧。当一名人质实在是太累了太紧张了,太朝不保夕了。我为写作而活下来,要是写作到底不是我应该干的事,我想我再活下去是不是太冒傻气了?你这么想着你却还在绞尽脑汁地想写。我好歹又拧出点儿水来,从一条快要晒干的毛巾上。恐慌日甚一日,随时可能完蛋的感觉比完蛋本身可怕多了,所谓不怕贼偷就怕贼惦记,我想人不如死了好,不如不出生的好,不如压根儿没有这个世界的好。可你并没有去死。我又想到那是一件不必着急的事。可是不必着急的事并不证明是一件必要拖延的事呀?你总是决定活下来,这说明什么?是的,我还是想活。人为什么活着?因为人想活着,说到底是这么回事,人真正的名字叫作:欲望。可我不怕死,有时候我真的不怕死。有时候——说对了。不怕死和想去死是两回事,有时候不怕死的人是有的,一生下来就不怕死的人是没有的。我有时候倒是怕活。可是怕活不等于不想活呀!可我为什么还想活呢?因为你还想得到点儿什么,你觉得你还是可以得到点儿什么的,比如说爱情,比如说价值感之类,人真正的名字叫欲望。这不对吗?我不该得到点儿什么吗?没说不该。可我为什么活得恐慌,就像个人质?后来你明白了,你明白你错了,活着不是为了写作,而写作是为了活着。你明白了这一点是在一个挺滑稽的时刻。那天你又说你不如死了好,你的一个朋友劝你:你不能死,你还得写呢,还有好多好作品等着你去写呢。这时候你忽然明白了,你说:只是因为我活着，我才不得不写作。或者说只是因为你还想活下去，你才不得不写作。是的，这样说过之后我竟然不那么恐慌了。就像你看穿了死之后所得的那份轻松？一个人质报复一场阴谋的最有效的办法是把自己杀死。我看出我得先把我杀死在市场上，那样我就不用参加抢购题材的风潮了。你还写吗？还写。你真的不得不写吗？人都忍不住要为生存找一些牢靠的理由。你不担心你会枯竭了？我不知道，不过我想，活着的问题在死前是完不了的。

这下好了，您不再恐慌了不再是个人质了，您自由了。算了吧你，我怎么可能自由呢？别忘了人真正的名字是：欲望。所以您得知道，消灭恐慌的最有效的办法就是消灭欲望。可是我还知道，消灭人性的最有效的办法也是消灭欲望。那么，是消灭欲望同时也消灭恐慌呢？还是保留欲望同时也保留人性？

我在这园子里坐着，我听见园神告诉我：每一个有激情的演员都难免是一个人质。每一个懂得欣赏的观众都巧妙地粉碎了一场阴谋。每一个乏味的演员都是因为他老以为这戏剧与自己无关。每一个倒霉的观众都是因为他总是坐得离舞台太近了。

我在这园子里坐着，园神成年累月地对我说：孩子，这不是别的，这是你的罪孽和福祉。

七

　　要是有些事我没说，地坛，你别以为是我忘了，我什么也没忘，但是有些事只适合收藏。不能说，也不能想，却又不能忘。它们不能变成语言，它们无法变成语言，一旦变成语言就不再是它们了。它们是一片朦胧的温馨与寂寥，是一片成熟的希望与绝望，它们的领地只有两处：心与坟墓。比如说邮票，有些是用于寄信的，有些仅仅是为了收藏。

　　如今我摇着车在这园子里慢慢走，常常有一种感觉，觉得我一个人跑出来已经玩得太久了。有一天我整理我的旧相册，看见一张十几年前我在这园子里照的照片——那个年轻人坐在轮椅上，背后是一棵老柏树，再远处就是那座古祭坛。我便到园子里去找那棵树。我按着照片上的背景找很快就找到了它，按着照片上它枝干的形状找，肯定那就是它。但是它已经死了，而且在它身上缠绕着一条碗口粗的藤萝。我当然记得园工们种那棵藤萝时的情景，我却不记得是在什么时候它已经长到了碗口粗。有一天我在这园子里碰见一个老太太，她说："哟，你还在这儿哪？"她问我："你母亲还好吗？""您是谁？""你不记得我，我可记得你。有一回你母亲来这儿找你，她问我您看没看见一个摇轮椅的孩子？……"我忽然觉得，我一个人跑到这世界上来玩真是玩得太久了。有一天夜晚,我独自坐在祭坛边的路灯下看书,忽然从那漆黑的祭坛里传出一阵阵唢呐声。四周都是参天古树,方形祭坛占地几百平方米空旷坦荡独对苍天,我看不见那个吹唢呐的人,唯唢呐声在星光寥寥的夜空里低吟高唱,时而悲怆时而欢快,时而缠绵时而苍凉,或许这几个词都不足以形容它,我清清醒醒地听出它响在过去,响在现在,响在未来,回旋飘转亘古不散。

必有一天,我会听见喊我回去。

那时您可以想象一个孩子,他玩累了可他还没玩够呢,心里好些新奇的念头甚至等不及到明天。也可以想象是一个老人,无可置疑地走向他的安息地,走得任劳任怨。还可以想象一对热恋中的情人,互相一次次说"我一刻也不想离开你",又互相一次次说"时间已经不早了",时间不早了可我一刻也不想离开你,一刻也不想离开你可时间毕竟是不早了。

我说不好我想不想回去。我说不好是想还是不想,还是无所谓。我说不好我是像那个孩子,还是像那个老人,还是像一个热恋中的情人。很可能是这样:我同时是他们三个。我来的时候是个孩子,他有那么多孩子气的念头所以才哭着喊着闹着要来,他一来一见到这个世界便立刻成了不要命的情人,而对一个情人来说,不管多么漫长的时光也是稍纵即逝,那时他便明白,每一步每一步,其实一步步都是走在回去的路上。当牵牛花初开的时节，葬礼的号角就已吹响。

但是太阳，它每时每刻都是夕阳也都是旭日。当它熄灭着走下山去收尽苍凉残照之际，正是它在另一面燃烧着爬上山巅布散烈烈朝晖之时。那一天，我也将沉静着走下山去，扶着我的拐杖。有一天，在某一处山洼里，势必会跑上来一个欢蹦的孩子，抱着他的玩具。

当然，那不是我。

但是，那不是我吗？

宇宙以其不息的欲望将一个歌舞炼为永恒。这欲望有怎样一个人间的姓名，大可忽略不计。

写于1989年5月5日
修改于1990年1月7日

怀念萧珊

——巴金

一

今天是萧珊逝世的六周年纪念日。六年前的光景还非常鲜明地出现在我的眼前。那一天我从火葬场回到家中,一切都是乱糟糟的,过了两三天我渐渐地安静下来了,一个人坐在书桌前,想写一篇纪念她的文章。在五十年前我就有了这样一种习惯:有感情无处倾吐时我经常求助于纸笔。可是一九七二年八月里那几天,我每天坐三四个小时望着面前摊开的稿纸,却写不出一句话。我痛苦地想,难道给关了几年的"牛棚",真的就变成"牛"了?头上仿佛压了一块大石头,思想好像冻结了一样。我索性放下笔，什么也不写了。

六年过去了。林彪、"四人帮"及其爪牙们的确把我搞得很"狼狈"，但我还是活下来了，而且偏偏活得比较健康，脑子也并不糊涂，有时还可以写一两篇文章。最近我经常去火葬场，参加老朋友们的骨灰安放仪式。在大厅里，我想起许多事情。同样地奏着哀乐，我的思想却从挤满了人的大厅转到只有二三十个人的中厅里去了，我们正在用哭声向萧珊的遗体告别。我记起了《家》里面觉新说过的一句话："好像珏死了，也是一个不祥的鬼。"四十七年前我写这句话的时候，怎么想得到我是在写自己！我没有流眼泪，可是我觉得有无数锋利的指甲在搔我的心。我站在死者遗体旁边，望着那张惨白色的脸，那两片咽下千言万语的嘴唇，我咬紧牙齿，在心里唤着死者的名字。我想，我比她大十三岁，为什么不让我先死？我想，这是多么不公平！她究竟犯了什么罪？她也给关进"牛棚"，挂上"牛鬼蛇神"的小纸牌，还扫过马路。究竟为什么？理由很简单，她是我的妻子。她患了病，得不到治疗，也因为她是我的妻子。想尽办法一直到逝世前三个星期，靠开后门她才住进医院。但是癌细胞已经扩散，肠癌变成了肝癌。

她不想死，她要活，她愿意改造思想，她愿意看到社会主义建成。这个愿望总不能说是痴心妄想吧。她本来可以活下去，倘使她不是"黑老K"的"臭婆娘"。一句话，是我连累了她，是我害了她。

在我靠边的几年中间，我所受到的精神折磨她也同样受到。但是我并未挨过打，她却挨了"北京来的红卫兵"的铜头皮带，留在她左眼上的黑圈好几天以后才褪尽。她挨打只是为了保护我，她看见那些年轻人深夜闯进来，害怕他们把我揪走，便溜出大门，到对面派出所去，请民警同志出来干预。那里只有一个人值班，不敢管。当着民警的面，她被他们用铜头皮带狠狠抽了一下，给押了回来，同我一起关在马桶间里。

她不仅分担了我的痛苦，还给了我不少的安慰和鼓励。在"四害"横行的时候，我在原单位（中国作家协会上海分会）给人当作"罪人"和"贱民"看待，日子十分难过，有时到晚上九十点钟才能回家。我进了门看到她的面容，满脑子的乌云都消散了。我有什么委屈、牢骚，都可以向她尽情倾吐。有一个时期我和她每晚临睡前要服两粒眠尔通才能够闭眼，可是天刚刚发白就都醒了。我唤她，她也唤我。我诉苦般地说："日子难过啊！"她也用同样的声音回答："日子难过啊！"但是她马上加一句："要坚持下去。"或者再加一句："坚持就是胜利。"我说"日子难过"，因为在那一段时间里，我每天在"牛棚"里面劳动、学习、写交代、写检查、写思想汇报。任何人都可以责骂我、教训我、指挥我。从外地到"作协分会"来串连的人可以随意点名叫我出去"示众"，还要自报罪行。上下班不限时间，由管理"牛棚"的"监督组"随意决定。任何人都可以闯进我家里来,高兴拿什么就拿走什么。这个时候大规模的群众性批斗和电视批斗大会还没有开始,但已经越来越逼近了。

她说"日子难过",因为她给两次揪到机关,靠边劳动,后来也常常参加陪斗。在淮海中路"大批判专栏"上张贴着批判我的罪行的大字报,我一家人的名字都给写出来"示众",不用说"臭婆娘"的大名占着显著的地位。这些文字像虫子一样咬痛她的心。她让上海戏剧学院"狂妄派"学生突然袭击、揪到"作协分会"去的时候,在我家大门上还贴了一张揭露她的所谓罪行的大字报。幸好当天夜里我儿子把它撕毁。否则这一张大字报就会要了她的命!

人们的白眼,人们的冷嘲热骂蚕食着她的身心。我看出来她的健康逐渐遭到损害。表面上的平静是虚假的。内心的痛苦像一锅煮沸的水,她怎么能遮盖住!怎么能使它平静!她不断地给我安慰,对我表示信任,替我感到不平。然而她看到我的问题一天天地变得严重,上面对我的压力一天天地增加,她又非常担心。有时同我一起上班或者下班,走近巨鹿路口,快到"作协分会",或者走近湖南路口,快到我们家,她总是抬不起头。我理解她,同情她,也非常担心她经受不起沉重的打击。我记得有一天到了平常下班的时间,我们没有受到留难,回到家里她比较高兴,到厨房去烧菜。我翻看当天的报纸,在第三版上看到当时做了"作协分会"的"头头"的两个工人作家写的文章《彻底揭露巴金的反革命真面目》。真是当头一棒！我看了两三行，连忙把报纸藏起来，我害怕让她看见。她端着烧好的菜出来，脸上还带笑容，吃饭时她有说有笑。饭后她要看报，我企图把她的注意力引到别处。但是没有用，她找到了报纸。她的笑容一下子完全消失。这一夜她再没有讲话，早早地进了房间。我后来发现她躺在床上小声哭着。一个安静的夜晚给破坏了。今天回想当时的情景，她那张满是泪痕的脸还在我的眼前。我多么愿意让她的泪痕消失，笑容在她那憔悴的脸上重现，即使减少我几年的生命来换取我们家庭生活中一个宁静的夜晚，我也心甘情愿！

二

我听周信芳同志的媳妇说，周的夫人在逝世前经常被打手们拉出去当作皮球推来推去，打得遍体鳞伤。有人劝她躲开，她说："我躲开，他们就要这样对付周先生了。"萧珊并未受到这种新式体罚。可是她在精神上给别人当皮球打来打去。她也有这样的想法：她多受一点精神折磨，可以减轻对我的压力。其实这是她一片痴心，结果只苦了她自己。我看见她一天天地憔悴下去，我看见她的生命之火逐渐熄灭，我多么痛心。我劝她，安慰她，我想拉住她，一点也没有用。

她常常问我:"你的问题什么时候才解决呢?"我苦笑地说:"总有一天会解决的。"她叹口气说:"我恐怕等不到那个时候了。"后来她病倒了,有人劝她打电话找我回家,她不知从哪里得来的消息,她说:"他在写检查,不要打岔他。他的问题大概可以解决了。"等到我从"五七"干校回家休假,她已经不能起床。她还问我检查写得怎样,问题是否可以解决。我当时的确在写检查,而且已经写了好几次了。他们要我写,只是为了消耗我的生命。但她怎么能理解呢?

这时离她逝世不过两个多月,癌细胞已经扩散,可是我们不知道,想找医生给她认真检查一次,也毫无办法。平日去医院挂号看门诊,等了许久才见到医生或者实习医生,随便给开个药方就算解决问题。只有在发烧到三十九摄氏度才有资格挂急诊号,或者还可以在病人拥挤的观察室里待上一天半天。当时去医院看病找交通工具也很困难,常常是我女婿借了自行车来,让她坐在车上,他慢慢地推着走。有一次她雇到小三轮卡去看病,看门诊回家雇不到车了,只好同陪她看病的朋友一起慢慢地走回来,走走停停,走到街口,她快要倒下了,只得请求行人到我们家通知。她一个表侄正好来探病,就由他去把她背了回家。她希望拍一张X光片子查一查肠子有什么病,但是办不到。后来靠了她一位亲戚帮忙开后门两次拍片,才查出她患肠癌。以后又靠朋友设法开后门住进了医院。她自己还很高兴,以为得救了。只有她一

083

个人不知真实的病情，她在医院里只活了三个星期。

我休假回家假期满了，我又请过两次假，留在家里照料病人。最多也不到一个月。我看见她病情日趋严重，实在不愿意把她丢开不管，我要求延长假期的时候，我们那个单位的一个"工宣队"头头逼着我第二天就回干校去。我回到家里，她问起来，我无法隐瞒。她叹了一口气，说："你放心去吧。"她把脸掉过去，不让我看她。我女儿、女婿看到这种情景，自告奋勇跑到巨鹿路向那位"工宣队"头头解释，希望同意我在市区多留些日子照料病人。可是那个头头"执法如山"，还说：他不是医生，留在家里，有什么用！"留在家里对他改造不利！"他们气愤地回到家中，只说机关不同意，后来才对我传达了这句"名言"。我还能讲什么呢？明天回干校去！

整个晚上她睡不好，我更睡不好。出乎意外，第二天一早我那个插队落户的儿子在我们房间里出现了，他是昨天半夜里到的。他得到了家信，请假回家看母亲，却没有想到母亲病成这样。我见了他一面，把他母亲交给他，就回干校去了。

在车上我的情绪很不好。我实在想不通为什么会有这样的事情。我在干校待了五天，无法同家里通消息。我已经猜到她的病不轻了。可是人们不让我过问她的事情。这五天是多么难熬的日子！到第五天晚上在干校的造反派头头通知我们全体第二天一早回市区开会。这样我才又回到了家，见到我的爱人。靠了朋友帮忙，她可以住进中山医院肝癌病房，一切都准备好，她第二天就要住院了。她多么希望住院前见我一面，我终于回来了。连我也没有想到她的病情发展得这么快。我们见了面，我一句话也讲不出来。她说了一句："我到底住院了。"我答说："你安心治疗吧。"她父亲也来看她，老人家双目失明，去医院探病有困难，可能是来同他的女儿告别了。

我吃过中饭，就去参加给别人戴上反革命帽子的大会，受批判、戴帽子的人不止一个，其中有一个我的熟人王若望同志，他过去也是作家，不过比我年轻。我们一起在"牛棚"里关过一个时期，他的罪名是"摘帽右派"。他不服，不听话，他贴出大字报，声明"自己解放自己"，因此罪名越搞越大，给捉去关了一个时期不算，还戴上了反革命的帽子监督劳动。在会场里我一直像在做怪梦。开完会回家，见到萧珊我感到格外亲切，仿佛重回人间。可是她不舒服，不想讲话，偶尔讲一句半句。我还记得她讲了两次："我看不到了。"我连声问她看不到什么，她后来才说："看不到你解放了。"我还能再讲什么呢？

我儿子在旁边，垂头丧气，精神不好，晚饭只吃了半碗，像是患感冒。她忽然指着他小声说："他怎么办呢？"他当时在安徽山区农村插队落户已经待了三年半，政治上没有人管，生活上不能养活自己，而且因为是我的儿子，给剥夺了好些公民权利。他先学会沉默，后来又学会抽烟。我怀着内疚的心情看看他。我后悔当初不该写小说，更不该生儿育女。我还记得前两年在痛苦难熬的时候她对我说："孩子们说爸爸做了坏事，害了我们大家。"这好像用刀子在割我身上的肉。我没有出声，我把泪水全吞在肚里。她睡了一觉醒过来忽然问我："你明天不去了？"我说："不去了。"就是那个"工宣队"头头今天通知我不用再去干校就留在市区。他还问我："你知道萧珊是什么病？"我答说："知道。"其实家里瞒住我，不给我知道真相，我还是从他这句问话里猜到的。

三

第二天早晨她动身去医院，一个朋友和我女儿、女婿陪她去。她穿好衣服等候车来。她显得急躁，又有些留恋，东张张西望望，她也许在想是不是能再看到这里的一切。我送走她，心上反而加了一块大石头。

将近二十天里，我每天去医院陪伴她大半天。我照料她，我坐在病床前守着她，同她短短地谈几句话。她的病情恶化，一天天衰弱下去，肚子却一天天大起来，行动越来越不方便。当时病房里没有人照料，生活方面除饮食外一切都必须自理。后来听同病房的人称赞她"坚强"，说她每天早晚都默默地挣扎着下了床，走到厕所。医生对我们谈起，病人的身体经不住手术，最怕的是她的肠子堵塞，要是不堵塞，还可以拖延一个时期。她住院后的半个月是一九六六年八月以来我既感痛苦又感到幸福的一段时间，是我和她在一起度过的最后的平静的时刻，我今天还不能将它忘记。但是半个月以后，她的病情又有了发展，一天吃中饭的时候，医生通知我儿子找我去谈话。他告诉我：病人的肠子给堵住了，必须开刀。开刀不一定有把握，也许中途出毛病。但是不开刀，后果更不堪设想。他要我决定，并且要我劝她同意。我做了决定，就去病房对她解释。我讲完话，她只说了一句："看来，我们要分别了。"她望着我，眼睛里全是泪水。我说："不会的……"我的声音哑了。接着护士长来安慰她，对她说："我陪你，不要紧的。"她回答："你陪我就好。"时间很紧迫，医生、护士们很快做好了准备，她给送进手术室去了，是她的表侄把她推到手术室门口的。我们就在外面廊上等了好几个小时，等到她平安地给送出来，由儿子把她推回到病房去。儿子还在她的身边守过一个夜晚。过两天他也病倒了，查出来他患肝炎，是从安徽农村带回来的。本来我们想瞒住他的母亲，可是无意间让他母亲知道了。她不断地问："儿子怎么样？"我自己也不知道儿子怎么样，我怎么能使她放心呢？晚上回到家，走进空空的、静静的房间，我几乎要叫出声来："一切都朝我的头打下来吧，让所有的灾祸都来吧。我受得住！"

我应当感谢那位热心而又善良的护士长，她同情我的处境，要我把儿子的事情完全交给她办。她做好安排，陪他看病、检查，让他很快住进别处的隔离病房，得到及时的治疗和护理。他在隔离病房里苦苦地等候母亲病情的好转。母亲躺在病床上，只能有气无力地说几句短短的话，她经常问："棠棠怎么样？"从她那双含泪的眼睛里我明白她多么想看见她最爱的儿子。但是她已经没有精力多想了。

　　她每天给输血，打盐水针。她看见我去就断断续续地问我："输多少西西的血？该怎么办？"我安慰她："你只管放心。没有问题，治病要紧。"她不止一次地说："你辛苦了。"我有什么苦呢？我能够为我最亲爱的人做事情，哪怕做一件小事，我也高兴！后来她的身体更不行了。医生给她输氧气，鼻子里整天插着管子。她几次要求拿开，这说明她感到难受，但是听了我们的劝告，她终于忍受下去了。开刀以后她只活了五天。谁也想不到她会去得这么快！五天中间我整天守在病床前，默默地望着她在受苦（我是设身处地感觉到这样的），可是她除了两三次要求搬开床前巨大的氧气筒，三四次表示担心输血较多付不出医药费之外，并没有抱怨过什么。见到熟人她常有这样一种表情：请原谅我麻烦了你们。她非常安静，但并未昏睡，始终睁大两只眼睛。眼睛很大，很美，很亮。我望着，望着，好像在望快要燃尽的烛火。我多么想让这对眼睛永远亮下去！我多么害怕她离开我！我甚至愿意为我那十四卷"邪书"受到千刀万剐，只求她能安静地活下去。

不久前我重读梅林写的《马克思传》,书中引用了马克思给女儿的信里的一段话,讲到马克思夫人的死。信上说:"她很快就咽了气。……这个病具有一种逐渐虚脱的性质,就像由于衰老所致一样。甚至在最后几小时也没有临终的挣扎,而是慢慢地沉入睡乡。她的眼睛比任何时候都更大、更美、更亮!"这段话我记得很清楚。马克思夫人也死于癌症。我默默地望着萧珊那对很大、很美、很亮的眼睛,我想起这段话,稍微得到一点安慰。听说她的确也"没有临终的挣扎",也是"慢慢地沉入睡乡"。我这样说,因为她离开这个世界的时候,我不在她的身边。那天是星期天,卫生防疫站因为我们家发现了肝炎病人,派人上午来做消毒工作。她的表妹有空愿意到医院去照料她,讲好我们吃过中饭就去接替。没有想到我们刚刚端起饭碗,就得到传呼电话,通知我女儿去医院,说是她妈妈"不行"了。真是晴天霹雳!我和我女儿、女婿赶到医院。她那张病床上连床垫也给拿走了。别人告诉我她在太平间。我们又下了楼赶到那里,在门口遇见表妹。还是她找人帮忙把"咽了气"的病人抬进来的。死者还不曾给放进铁匣子里送进冷库,她躺在担架上,但已经给白布床单包得紧紧的,看不到面容了。我只看到她的名字。我弯下身子,把地上那个还有点人形的白布包拍了好几下,一面哭着唤她的名字。不过几分钟的时间。这算是什么告别呢?

据表妹说，她逝世的时刻，表妹也不知道。她曾经对表妹说："找医生来。"医生来过，并没有什么。后来她就渐渐地"沉入睡乡"。表妹还以为她在睡眠。一个护士来打针，才发觉她的心脏已经停止跳动了。我没有能同她诀别，我有许多话没有能向她倾吐，她不能没有留下一句遗言就离开我！我后来常常想，她对表妹说："找医生来。"很可能不是"找医生"，是"找李先生"（她平日这样称呼我）。为什么那天上午偏偏我不在病房呢？家里人都不在她身边，她死得这样凄凉！

我女婿马上打电话给我们仅有的几个亲戚。她的弟媳赶到医院，马上晕了过去。三天以后在龙华火葬场举行告别仪式。她的朋友一个也没有来，因为一则我们没有通知，二则我是一个审查了将近七年的对象。没有悼词，没有吊客，只有一片伤心的哭声。我衷心感谢前来参加仪式的少数亲友和特地来帮忙的我女儿的两三个同学，最后，我跟她的遗体告别，女儿望着遗容哀哭，儿子在隔离病房还不知道把他当作命根子的妈妈已经死亡。值得提说的是她当作自己儿子照顾了好些年的一位亡友的男孩从北京赶来，只为了看见她的最后一面。这个整天同钢铁打交道的技术员，他的心倒不像钢铁那样。他得到电报以后，他爱人对他说："你去吧，你不去一趟，你的心永远安定不了。"我在变了形的她的遗体旁边站了一会。别人给我和她照了相。我痛苦地想：这是最后一次了，即使给我们留下来很难看的形象，我也要珍视这个镜头。

一切都结束了。过了几天我和女儿、女婿到火葬场，领到了她的骨灰盒。在存放室寄存了三年之后，我按期把骨灰盒接回家里。有人劝我把她的骨灰安葬，我宁愿让骨灰盒放在我的寝室里，我感到她仍然和我在一起。

四

梦魇一般的日子终于过去了。六年仿佛一瞬间似的远远地落在后面了。其实哪里是一瞬间！这段时间里有多少流着血和泪的日子啊。不仅是六年，从我开始写这篇短文到现在又过去了半年，半年中我经常在火葬场的大厅里默哀，行礼，为了纪念给"四人帮"迫害致死的朋友。想到他们不能把个人的智慧和才华献给社会主义祖国，我万分惋惜。每次戴上黑纱、插上纸花的同时，我也想起我自己最亲爱的朋友，一个普通的文艺爱好者，一个成绩不大的翻译工作者，一个心地善良的好人。她是我的生命的一部分，她的骨灰里有我的泪和血。

她是我的一个读者。一九三六年我在上海第一次同她见面。一九三八年和一九四一年我们两次在桂林像朋友似的住在一起。一九四四年我们在贵阳结婚。我认识她的时候，她还不到二十，对她的成长我应当负很大的责任。她读了我的小说，给我写信，后来见到了我，对我发生了感情。她在中学念书，看见我以前，因为参加学生运动被学校开除，回到家乡住了一个短时期，又出来进另一所学校。倘使不是为了我，她三七、三八年一定去了延安。她同我谈了八年的恋爱，后来到贵阳旅行结婚，只印发了一个通知，没有摆过一桌酒席。从贵阳我和她先后到了重庆，住在民国路文化生活出版社门市部楼梯下七八个平方米的小屋里。她托人买了四只玻璃杯开始组织我们的小家庭。她陪着我经历了各种艰苦生活。在抗日战争紧张的时期，我们一起在日军进城以前十多个小时逃离广州，我们从广东到广西，从昆明到桂林，从金华到温州，我们分散了，又重见，相见后又别离。在我那两册《旅途通讯》中就有一部分这种生活的记录。四十年前有一位朋友批评我："这算什么文章！"我的《文集》出版后，另一位朋友认为我不应当把它们也收进去。他们都有道理，两年来我对朋友、对读者讲过不止一次，我决定不让《文集》重版。但是为我自己，我要经常翻看那两小册《通讯》。在那些年代，每当我落在困苦的境地里、朋友们各奔前程的时候，她总是亲切地在我的耳边说："不要难过，我不会离开你，我在你的身边。"的确，只有在她最后一次进手术室之前她才说过这样一句："我们要分别了。"

我同她一起生活了三十多年。但是我并没有好好地帮助过她。她比我有才华，却缺乏刻苦钻研的精神。我很喜欢她翻译的普希金和屠格涅夫的小说。虽然译文并不恰当，也不是普希金和屠格涅夫的风格，它们却是有创造性的文学作品，阅读它们对我是一种享受。她想改变自己的生活，不愿做家庭妇女，却又缺少吃苦耐劳的勇气。她听一个朋友的劝告，得到后来也是给"四人帮"迫害致死的叶以群同志的同意，到《上海文学》"义务劳动"，也做了一点点工作，然而在运动中却受到批判，说她专门向老作家、"反动权威"组稿，又说她是我派去的"坐探"。她为了改造思想，想走捷径，要求参加"四清"运动，找人推荐到某铜厂的工作组工作，工作相当忙碌、紧张，她却精神愉快。但是到我快要靠边的时候，她也被叫回"作协分会"参加运动。她第一次参加这种急风暴雨般的斗争，而且是以"反动权威"家属的身份参加，她不知道该怎么办才好。她张皇失措，坐立不安，替我担心，又为儿女的前途忧虑。她盼望什么人向她伸出援助的手，可是朋友们离开了她，"同事们"拿她当作箭靶，还有人想通过整她来整我。她不是"作协分会"或者刊物的正式工作人员，可是仍然被"勒令"靠边劳动、站队挂牌，放回家以后，又给揪到机关。过一个时期，她写了认罪的检查，第二次给放回家的时候，我们机关的造反派头头却通知里弄委员会罚她扫街。她怕人看见，每天大清早起来，拿着扫帚出门，扫得精疲力尽，才回到家里，关上大门，吐了一口气。但有时她还碰到上学去的小孩，对她叫骂"巴金的臭婆娘"。我偶尔看见她拿着扫帚回来，不敢正眼看她，我感到负罪的心情，这是对她的一个致命的打击。不到两个月，她病倒了，以后就没有再出去扫街（我妹妹继续扫了一个时期），但是也没有完全恢复健康。尽管她还继续拖了四年，但一直到死她并不曾看到我恢复自由。这就是她的最后，然而绝不是她的结局。她的结局将和我的结局连在一起。

  我绝不悲观。我要争取多活。我要为我们社会主义祖国工作到生命的最后一息。在我丧失工作能力的时候，我希望病榻上有萧珊翻译的那几本小说。等到我永远闭上眼睛，就让我的骨灰同她的掺和在一起。

1979年1月16日写完

若子的病

——周作人

《北京孔德学校旬刊》第二期于四月十一日出版，载有两篇儿童作品，其中之一是我的小女儿写的。

晚上的月亮

周若子

晚上的月亮，很大又很明。我的两个弟弟说："我们把月亮请下来，叫月亮抱我们到天上去玩。月亮给我们东西，我们很高兴。我们拿到家里给母亲吃，母亲也一定高兴。"

但是这张旬刊从邮局寄到的时候，若子已正在垂死状态了。她的母亲望着摊在席上的报纸又看昏沉的病人，再也没有什么话可说，只叫我好好地收藏起来——做一个将来决不再寓目的纪念品。我读了这篇小文，不禁忽然想起六岁时死亡的四弟椿寿，他于得急性肺炎的前两三天，也是固执地向着佣妇追问天上的情形，我自己知道这都是迷信，却不能禁止我脊梁上不发生冰冷的奇感。

十一日的夜中，她就发起热来，继之以大吐，恰巧小儿用的摄氏体温表给小波波（我的兄弟的小孩）摔破了，土步君正出着第二次种的牛痘，把华氏的一具拿去应用，我们房里没有体温表了，所以不能测量热度，到了黎明从间壁房中拿表来一量，乃是四十度三分！八时左右起了痉挛，妻抱住了她，只喊说："阿玉惊了，阿玉惊了！"弟妇（即是妻的三妹）走到外边叫内弟起来，说："阿玉死了！"他惊起不觉坠落床下。这时候医生已到来了，诊察的结果说疑是"流行性脑脊髓膜炎"，虽然征候还未全具，总之是脑的故障，危险很大。十二时又复痉挛，这回脑的方面倒少在其次了，心脏中了霉菌的毒非常衰弱，以致血行不良，皮肤现出黑色，在臂上捺一下，凹下白色的痕好久还不回复。这一日里，院长山本博士，助手蒲君，看护妇永井君白君，前后都到，山本先生自来四次，永井君留住我家，帮助看病。第一天在混乱中过去了，次日病人虽不见变坏，可是一昼夜以来每两小时一回的樟脑注射毫不见效，心脏还是衰弱，虽然热度已减至三八至九度之间，这天下午因为病人想吃可可糖，我赶往哈达门去买，路上时时为不祥的幻想所侵袭，直到回家看见毫无动静这才略略放心。第三天是火曜日，勉强往学校去，下午三点半正要上课，听说家里有电话来叫，赶紧又告假回来，幸而这回只是梦呓，并未发生什么变化。夜中十二时山本先生诊后，始宣言性命可以无虑。十二日以来，经了两次的食盐注射，三十次以上的樟脑注射，身上拥着大小七个的冰囊，在七十二小时之末总算已离开了死之国土，这真是万幸的事了。

山本先生后来告诉川岛君说，那日火曜日他以为一定不行的了。大约是第二天，永井君也走到弟妇的房里躲着下泪，她也觉得这小朋友怕要为了什么而辞去这个家庭了。但是这病人竟从万死中逃得一生，不知是哪里来的力量。医呢，药呢，她自己或别的不可知之力呢？但我知道，如没有医药及大家的救护，她总是早已不存了。我若得一种宗派的信徒，我的感谢便有所归，而且当初的惊怖或者也可减少，但是我不能如此，我对于未知之力有时或感着惊异，却还没有致感谢的那么深密的接触。我现在所想致感谢者在人而不在自然，我很感谢山本先生与永井君的热心的帮助，虽然我也还不曾忘记四年前给我医治肋膜炎的劳苦。川岛斐君二君每日殷勤的访问，也是应该致谢的。

整整地睡了一星期，脑部已经渐好，可以移动，遂于十九日午前搬往医院,她的母亲和"姊姊"陪伴着,因为心脏尚须疗治,住在院里较为便利,省得医生早晚两次赶来诊察。现在温度复原,脉搏亦渐恢复,她卧在我曾经住过两个月的病室的床上,只靠着一个冰枕,胸前放着一个小冰囊,伸出两只手来,在那里唱歌。妻同我商量,若子的兄妹十岁的时候,都花过十来块钱,分给用人并吃点东西当作纪念,去年因为筹不出这笔款,所以没有这样办,这回病好之后,须得设法来补做并以祝贺病愈。她听懂了这会话的意思,便反对说:"这样办不好。倘若今年做了十岁,那么明年岂不还是十一岁么?"我们听了不禁破颜一笑。唉,这个小小的情景,我们在一星期前哪里敢梦想到呢!

紧张透了的心一时殊不容易松放开来。今日已是若子病后的第十一日,下午因为稍觉头痛告假在家,在院子里散步,这才见到白的紫的丁香都已盛开,山桃烂漫得开始憔悴了,东边路旁爱罗先珂君回俄国前手植作为纪念的一株杏花已经零落净尽,只剩有好些绿蒂隐藏嫩叶的底下。春天过去了,在我们彷徨惊恐的几天里,北京这好像敷衍人似的短促的春光早已偷偷地走过去了。这或者未免可惜,我们今年竟没有好好地看一番桃杏花。但是花明年会开的,春天明年也会再来的,不妨等明年再看:我们今年幸而能够留住了别个一去将不复来的春光,我们也就够满足了。

今天我自己居然能够写出这篇东西来，可见我的凌乱的头脑也略略静定了，这也是一件高兴的事。

十四年四月廿二日雨夜

风吹一生

——徐则臣

天真的冷了,连风也受不了了,半夜三更敲打我的窗户,它们想进来。这种节奏的敲打声我熟悉,这些风一定是从我家乡来的。所有的风都来自北方的野地和村庄,我家在城市的北面。我掀开窗帘,看到风在闪烁不定的霓虹灯里东躲西藏,它们对此十分陌生。风的认识里只有光秃秃的树,野火烧光的草,路边的草堆,孩子们头上的乱发和整个村庄老人的一生。风不认识城市的路,一定是谁告诉了它们我在这里,才会爬到五楼上来找我。

城市里没有风声,没有歪脖子树和草堆供它们存活下去。它们远道而来是为了唤一个人回去,是唤我吧,我已经很长时间没回家了。我从床上起来,打开北向的窗户,黑暗阔大的北风滚滚而来,像旗帜和黄沙一样悬在城市的半空,只等着我从钢筋水泥的一块堡垒里伸出头来,与我面对面,告诉我一些风中的人的消息。

我家乡的人生活在风里。离家的那天,一大早我就看见祖父坐在门口的小马扎上。天色灰沉清冷,秋天的早上永远是一副将要下雨的模样。风很大,地上的杨树叶子转着圈堆到祖父的鞋子上。我对祖父说,进屋吧,外面冷。祖父说没事,不冷,都在风里活了一辈子了。然后问我坐火车还是汽车。我说火车,这个问题他已经问了好几遍了。祖父自语地把火车重复了一遍,说他夜里也梦见我坐的火车了,跑得太快,怎么叫都停不下来,他就是过来看看,我是不是已经被火车带走了。我让祖父进屋吃早饭,他也不肯,只想坐坐,守在门口的风里。那个早上我离开了家,到了一个远离家乡的城市。祖父拎着小马扎跟在我后面穿过巷子,风卷起的尘土擦着裤脚。我说巷子里风大,回去吧,祖父说你走你的,他想在巷子头坐坐。然后就放下小马扎坐在了路边上。村庄坐落在野地里,村前村后都是麦地,麦地上的风毫无阻碍地从村南刮到村北,沿村庄中心宽阔的土路,一次次宽阔地刮过。我走了很远回过头,还看见祖父坐在风里,面对着我的背影,被风刮得有点抖。

祖父老了。风吹进了他的身体。当风吹进了一个人的身体里时,他就老了。二十多年来,我目睹了来来去去的风如何改变了一个人。我记事时起,祖父一直骑着自行车带我去镇上赶集,五

101

天一次，先在集市边上的小吃摊坐下，吃逐渐涨价的油煎包子，然后到菜市旁边的空地上看小画书，风送过来青菜和肉的味道。那时候祖父骑车很稳健，再大的风也吹不倒。有风的时候我躲在祖父身后，贴着他的脊背，只能感到风像一场大水流过我抓着祖父衣服的手。长大了，自己也能骑车了，少年心性，车子骑得飞快，在去姑妈家的路上远远地甩下了祖父。我停在桥头上，看见祖父顶着风吃力地蹬车。祖父骑车的速度从此慢了下去。有一天祖父从外面回来，向我们抱怨村边的路太差，除了石子就是车辙和牛蹄印，祖父说，风怎么突然就大了呢，车头都抓不稳了。但是谁都没有在意。

从菜地回家的路上，我遇到祖父从镇上回来，第一次看见祖父骑着车子在风里摇摇晃晃。祖父不经意间被风吹歪了。其实野地上的所有东西都被风吹歪过。有的会歪上一辈子，像房后的那棵桑树，一场风之后再也没能直起腰来。有的歪过一段时间慢慢又把自己扶直了。只有人是被风渐渐吹歪的，人歪了以后就会一直歪下去，别指望能重新站直。风只会在人无法再站直的时候把你吹歪。祖父不再骑自行车了，我们担心他出事，不让他骑。他被风彻底地从车上吹了下来。不能骑车之后，祖父走到哪儿都拎着一个小马扎，他终于意识到很难再在风中站直了，风也不会让他长久地站在一个地方。风强迫他坐上了马扎。

一个人就这样被风吹老了。风逐渐穿过人的身体，吹走了黑发留下白头，吹干了皮肤留下皱纹，最后吹松了血肉，留下一把老骨头。这时候风又为人指明了另一个去处。

我相信最终是风把人给打发掉的。多少年来，我的村庄一直有个奇怪的现象，老人们去世总是一批一批走，很少有哪个人是独自上路的。在第一个人离开的时候，村里人就知道又一场死亡之风降临了，从年老体弱的开始盘算，每个人对村庄都有一笔小账。果然是一个接着一个，三五个老人相互陪伴着上路。一段时间内，村庄里哭声不绝，锣鼓声悲，野地里飘满了纸钱。他们出生在同一场风里，活在同一场风里，又被同一场风刮到了另一个世界。

我说过，城市里没有风，所有的风都来自野地和村庄。因为没有谁像野地里的孩子那样依赖风才能生长，尽管，也许同样是几十年前的那场风又回过头，把他送到了另外一个地方。风是我们见过最多的东西。我一直跟着一阵风向前走，走着走着就长大了。那阵风始于十几年前，我一个人从家里出来，很小，走远了就找不到回来的路。我追过无数个旋风，那些旋风像底朝下的斗笠那样大，像陀螺一样不停地往前跑。太阳落到了村庄西面的白杨树后头，我出了门就遇上了它。旋风不紧不慢地穿过巷子，然后左拐上了中心路，一路上旋起了泥土、稻草叶子和干松的牛粪渣子。这是我见过的最为优雅的旋风，不张扬也不会让你忽略。我一直跟在它后面，我想看看它到底有多大的耐心。很多旋风都是走了几步就找不到了。它沿着中心路一直向南。我很奇怪一路上竟没遇上一个人，甚至连狗叫和小孩的哭声都没听到。我们经过了药房、供销社大商店和南湖桥边的两棵老柳树。刚上了南湖桥旋风突然不见了，我以为桥面上布满石子，它过不去了，没想到几秒钟之后它出现在桥的南边，已经过了桥。过了桥是南湖的麦地。天色黯淡，我要费力才能盯紧它。我们在镶嵌干枯坚硬的车辙的田间路上继续向前。我记不得走了多长时间，它突然拐进了一块麦地不见了，没有任何先兆。我想它会出来的，就站在路边等，但是眼前只是一片绿得发黑的麦苗。

夜晚的另一场风来了，因为冷我才发现自己站在田野里。周围一个人都没有，连条狗都没有。我觉得像在做梦，记不起是如何一步一步地走到这里来的。恐惧和黑暗一起围在我身边，我哭了，找不到回家的路了。现在当我一点一点地接近十几年前时，我逐渐看清了一个站在麦地边上哭泣的男孩，他的身边是巨大的黑暗和风声。然后看到供销社大商店的售货员，后来我一直叫他"消炎丁"的邻村人锁上了大门，骑一辆老式"永久"牌自行车上了南湖桥。是"消炎丁"把我送回了家。我被旋风带上的那条路是他回家的必经之路。

回家以后母亲告诉我，每一个旋风都是一个死去的人的灵魂，它们常常来到村里拐带不听话的小孩。以后要听话，不能踩它们，也不能跟着它们到处乱跑。我不是很相信，因为没有一个旋风曾经把我拐跑过。我常常会想起那些大大小小的追旋风的经历，尤其忘不了那一次。此后的日子里我知道了，一个人走路时要用心，记住回家的路，到了黑暗的旷野中不要站在原地，更不应该哭泣。读书之后我就不再追旋风了，但隐隐觉得其实还是在跟着一场更持久的旋风向前走，从村庄走到了城市。这场旋风的形态我难以描述，也不清楚它是否已经拐到了另一个地方。我只知道，我在城市看不到风。城市里填满了高楼大厦和霓虹灯，缺少空旷的土地供它们生息。孩子们不需要旋风，有仿真的电动玩具引领他们成长；长大之后坐在了空调房间，没有风也能活下去；至于老人，使他们衰老的，是岁月和他们自己。

辑三

醒来觉得甚是爱你

对于你,我希望你能锻炼自己,
成为一个坚强的人,
不要甘心做一个女人,
总得从重重的桎梏里把自己的心灵解放出来,
时时有毁灭破旧的一切的勇气。

两地书（节选）

——许广平

EL.DEAR：

今天下午刚发一信，现在又想执笔了。这也等于我的功课一样，而且是愿意做的那一门，高兴的就简直做下去罢，于是乎又有话要说出来了——

这时是晚上九点半，我想起今天是礼拜五，明天是礼拜六，一礼拜又快过去了，此信明天发，免得日曜受耽搁。料想这信到时，又过去一礼拜了，得到你的回信时，又是一礼拜，那么总共就过去三个礼拜了，那是在你接到此信，我得了你回复此信的时候的话。虽然这还很有些时光，但不妨以此先自快慰。话虽如此，你如没有工夫，就不必每得一信，即回一封，因为我晓得你忙，不会挂念的。

生怕记起的又即忘记了，先写出来罢：你如经过琉璃厂，不要忘掉了买你写日记用的红格纸，因为已经所余无几了。你也许不会忘记，不过我提起一下，较放心。

　　我寄你的信，总要送往邮局，不喜欢放在街边的绿色邮筒中，我总疑心那里会慢一点。然而也不喜欢托人带出去，我就将信藏在衣袋内，说是散步，慢慢地走出去，明知道这绝不是什么秘密事，但自然而然的好像觉得含有什么秘密性似的。待到走到邮局门口，又不愿投入挂在门外的方木箱，必定走进里面，放在柜台下面的信箱里才罢。那时心里又想：天天寄同一名字的信，邮局的人会不会诧异呢？于是就用较生的别号，算是挽救之法了。这种古怪思想，自己也觉得好笑，但也没有制服这个神经的神经，就让它胡思乱想罢。当走去送信的时候，我又记起了曾经有一个人，在夜里跑到楼下房外的信筒那里去，我相信天下痴呆盖无过于此君了，现在距邮局远，夜行不便，此风万不可长，宜切戒之！！！！

　　今日下午也缝衣，出去寄信时又买些水果，回来大家分吃了。你带去的云腿吃过了没有？还可口么？我身体精神都好，食量也增加，不过继续着做一种事情，稍久就容易吃力，浑身疲乏。我知道这个道理，所以时而做些事，时而坐坐，时而睡睡，坐睡都厌了就到马路上来回走一个短路程，这样一调节，也就不致吃苦了。

时局消息，阅报便知，不多述了，有时北报似更详悉。听说现在津浦路还照常，但来时要打听清楚才好。

      YOUR H.M. 五月十七夜十时

红豆

——陆 蠡

听说我要结婚了,南方的朋友寄给我一颗红豆。

当这小小的包裹寄到的时候,已是婚后的第三天。宾客们回去的回去,走的走,散的散,留下来的也懒得闹,躺在椅子上喝茶嗑瓜子。

一切都恢复了往日的冲和。

新娘温娴而知礼的,坐在房中没有出来。

我收到这包裹,我急忙地把它拆开。里面是一只小木盒,木盒里衬着丝绢,丝绢上放着一颗莹晶可爱的红豆。

"啊!别致!"我惊异地喊起来。

这是K君寄来的,和他好久不见面了。和这邮包一起的,还有他短短的信,说些是祝福的话。

我赏玩着这颗红豆。这是很美丽的。全部都有可喜的红色，长成很匀整细巧的心脏形，尖端微微偏左，不太尖，也不太圆。另一端有一条白的小眼睛。这是豆的胚珠在长大时联系在豆荚上的所在。因为有了这标志，这豆才有异于红的宝石或红的玛瑙，而成为蕴藏着生命的酵素的有机体了。

我把这颗豆递给新娘。她正在卸去早晨穿的盛服，换上了浅蓝色的外衫。

我告诉她这是一位远地的朋友寄来的红豆。这是祝我们快乐，祝我们如意，祝我们吉祥。

她相信我的话，但眼中不相信这颗豆为何有这许多的涵义。她在细细地反复检视着，洁白的手摩挲这小小的豆。

"这不像蚕豆，也不像扁豆，倒有几分像枇杷核子。"

我怃然，这颗豆在她的手里便失了许多身份。

于是，我又告诉她这是爱的象征，幸福的象征，诗里面所歌咏的，书里面所写的，这是不易得的东西。

她没有回答，显然这对她是难懂，只干涩地问：

"这吃得么？"

"既然是豆，当然吃得。"我随口回答。

晚上，我亲自到厨房里用喜筵留下来的最名贵的作料，将这颗红豆制成一小碟羹汤，亲自拿到新房中来。

新娘茫然不解我为何这样殷勤。友爱的眼光落在我的脸上。

嘴唇微微一噘。

  我请她先喝一口这亲制的羹汤。她饮了一匙,皱皱眉头不说话。我拿过来尝一尝,这味辛而涩的,好像生吃的杏仁。

  我想起一句古老的话,呵呵大笑地倒在床上。

1936年

海外寄霓君

——朱湘

霓妹亲爱：

你的用我写的纸条寄来之信已经收到。我早不住在那里了，以后望不要再用那些纸条。还是你拿些信封托憩轩四兄打头一次他打的那些一样，就是留美学生监督处，不过上面的门牌号数本是二三一二；你这次托他打，可以请他改作二三〇〇（就是二千三百）。上一次他打的信封如若你不曾用完，还照旧可以用得，信不会掉的。你以后写信，千万不要忘记写日子，阳历就一直写阳历。我好知道你的信是哪天写的，多少天到美国。我在此念书，等两年以后，再看考博士不考。我希望我的身体好，我们彼此相思不要多于过度，那便能在外国多住一年半或两年考博士。我前两天又做了一个梦同你相会，梦中我们同说了一番话缠绵悱恻，后来哭醒了。霓妹，霓妹，我看你信中口气，你大概忙碌得很，这又何苦呢。小沅小东已经很够你忙的了。我从前不是早就写过信叫你不要绣花不要忙别的事，省得太劳碌了，生病，又要我记挂忧愁。你前一封信内说你害了病，幸亏就好了。这都是你太劳碌了，所以害病。我求你千万不要再多劳了罢。每月我希望你至少有三封信给我，里面你可以说你自己怎样，做些什么事，小沅小东说些什么话做些什么事；你同他们两个的琐琐碎碎事情，我都很喜欢听。你说我的信很可爱，这是因为你是一个可爱的人，所以我写给你的信也跟着可爱了。霓妹我的爱人，我希望这四年快点过去，我好回家抱你进怀，说一声："妹妹，我爱你！我永远爱你！"如今春天，外国有一种鸟处处看见，有麻雀那么大，嘴尖子漆黑，身子是灰鼠色，唯独胸口通红，这鸟的名字是"抱红鸟"，这名字是我替它起的，它原来的名字叫"红胸"。四年以后，我们夫妻团圆，那时候我抱你进胸怀，又软和，又光滑，又温暖，像鸟儿的毛一样，那时候我便成了抱红鸟了。我买画片给你，这信已经写了，画片大概十天以后可以寄给你。你信中说你没有学问，这算得什么？你对我的心肠这好，你这样会管家，会带孩子，你的相貌又很美丽，我还不满意吗？这层你千万不要多心。

沅　四月七日第十一封

致陆小曼

——徐志摩

小曼：

　　这实在是太惨了，怎叫我爱你的不难受？假如你这番深沉的冤屈，有人写成了小说故事，一定可使千百个同情的读者滴泪。何况今天我处在这最尴尬最难堪的地位，怎禁得不咬牙切齿地恨，肝肠迸裂地痛心呢？真的太惨了。我的乖！你前生作的是什么孽，今生要你来受这样惨酷的报应。无论折断一枝花，尚且是残忍的行为，何况这生生地糟蹋一个最美最纯洁最可爱的灵魂？真是太难了。你的四围全是细精铁壁你便有翅膀也难飞。咳，眼看着一只洁白美丽的稚羊，让那满面横肉的屠夫擎着利刀向着它刀刀见血地蹂躏谋杀，——旁边站着不少的看客。那羊主人也许在内，不但不动怜惜反而称赞屠夫的手段，好像他们都挂着馋涎想分尝美味的羊羔哪。咳！这简直的不能想。实有的与想象的悲惨的故事我也闻见过不少。但我爱，你现在所身受的却是谁都不曾想到过，更有谁有胆量来写？我劝你早些看哈代那本 *Jude the Obscure* 吧。那书里的女子 Sue，你一定很可同情她。哈代写的结果叫人不忍卒读。但你得明白作者的意思。将来有机会，我对你细讲。咳！我真不知道你申冤的日子在哪一天！实在是没有一个人能明白你，不明白也算了，一班人还来绝对地冤你。阿呸！狗屁的礼教，狗屁的家庭，狗屁的社会，去你们的。青天里白白的出太阳；这群两脚，血管的水全是冰凉的。我现在可以放怀地对你说：我腔子里一天还有热血，你就一天有我的同情与帮助。我大胆地承受你的爱，珍重你的爱，永保你的爱。我如其凭爱的恩惠，还能从有性灵里放射出一丝一缕的光亮，这光亮全是你的。你尽量用吧！假如你能在我的人格思想里发现有些须的滋养与温暖，这也全是你的，你尽量使吧！最初我听见人家诬蔑你的时候，我就热烈地对他们宣言，我说：你们听着，先前我不认识她，我没有权利替她说话；现在我认识了她，我绝对地替她辩护。我敢说如其女人的心曾经有过纯洁的，她的就是一个。Her heart is as pure and unsoiled as any women's heart can be; and her soul as noble.

现在更进一层了，你听着这分别。先前我自己仿佛站得高些，我的眼是往下望的。那时我怜你惜你疼你的感情是斜着下来到你身上来的；渐渐地我觉得我看法不对，我不应得站得比你高些，我只能平看着你。我站在你的正对面，我的泪上的光芒与你的泪上的光芒针对着，交换着。你的灵性渐渐地化入了我的，我也与你一样的觉悟了，一个新来的影响在我的人格中四布地贯彻。——现在我连平视都不敢了。我从你的苦恼与悲惨的情感里憬悟了你的高洁的灵魂的真际。这是上帝神光的反映，我自己不由得低降了下去。现在我只能仰着头献给你我有限的真情与真爱，声明我的惊讶与赞美。不错，勇敢，胆量，怕什么？前途当然是有光明的，没有也得叫它有一个。灵魂有时可以到发黑暗的地狱里去游行，但一点神灵的光亮却永远在灵魂本身的中心点着。——况且你不是确信你已经找着了你的真归宿、真想望，实现了你的梦，来让这伟大的灵魂的结合毁灭一切的阻碍，创造一切的价值，往前走吧！再也不必迟疑。

你要告诉我什么？尽量地告诉我。像一条河流似的，尽量把他的秋源交给无边的大海。像一朵高爽的葵花，对着和暖的阳光，一瓣瓣地展露她的秘密。你要我的安慰，你当然有我的安慰，只要我有，我能给你，要什么有什么。我只要你做到你自己说的一句话——"Fight on"——即使命运叫你在得到最后胜利之前碰着了不可躲避的死，我的爱！那时你就死。因为死就是成功，就是胜利。一切有我在，一切有爱在。同时你努力的方向得自己认清，再不容丝毫的含糊，让步牺牲是有的，但什么事都有个限度，有个止境。你这样一朵稀有的奇葩，决不是为一对庸俗的父母，为一个庸懦兼残忍的丈夫牺牲来的。你对上帝负有责任；你对自己负有责任；尤其你对你新发现的爱负有责任。你已往的牺牲已经是够了，你再不能轻易糟蹋一分半分的黄金光阴。人间的关系是相对的，尽职也有个道理。灵魂是要救度的，肉体也不能永久让人家侮辱蹂躏；因为就是肉体也含有灵性的。总之一句话：时候已经到了，你得 assert your own personality。你的心肠太软，这是你一辈子吃亏的原因。但以后可再不能过分的含糊了。因为灵与肉实在是不能绝对分家的。要不然 Nora 何必一定得抛弃她的家，永别她的儿女，重新投入渺茫的世界里去？她为的就是她自己的人格与性灵的尊严，侮辱与蹂躏是不应得容许的。且不忙，慢慢地来。不必悲观，不必厌世，只要你抱定主意往前走，决不会走过头，前面有人等着你。以后信你得好好地收藏起，将来或许有用。——在你申冤出气时的将来，但暂时切不可泄露。切切！

摩　一九二五年三月三日

不只是欢喜而已

——朱生豪

宋：

才板着脸孔带着冲动写给你一封信，读了轻松的来书，又使我的心弛放了下来。叫他们拿给你看的那信已经看到？有些可笑吧，还是生气？实在是，近来心里很受到些气闷，比如说有人以为我不应该爱你之类；而两个多月来离群索居的生活，使我脱离了一向沉迷着的感伤的情绪的氛围，有着静味一切的机会，也确使我渐对过去的梦发生厌弃，而有努力做人的意思。

我真希望你是个男孩子，就这一年匆匆的相聚，彼此也真太拘束得苦。其实别说你是那么干净那么真纯，就是一些人的冷眼，也会把我更有力地拉近了你的。我没有和平常人那样只闹一回恋情的把戏，过后便撒手了的意思。我只希望把你当作自己弟弟一样亲爱。论年岁我不比你大什么，忧患比你经过多，人生的经验则不见比你丰富什么，但就自己所有的学问，几年来冷静的观察与思索，以及早入世诸点上，也许确能做一个对你有一点益处的朋友，不只是一个温柔的好男子而已。

对于你，我希望你能锻炼自己，成为一个坚强的人，不要甘心做一个女人（你不会甘心于平凡，这是我相信的），总得从重重的桎梏里把自己的心灵解放出来，时时有毁灭破旧的一切的勇气（如其有一天你觉得我对于你已太无用处，尽可以一脚踢开我，我不会怨你半分），耐得了苦，受得住人家的讥笑与轻蔑，不要有什么小姐式的感伤，只时时向未来睁开你的慧眼，也不用担心什么恐惧什么，只努力使自己身体感情各方面都坚强起来，我将永远是你的可以信托的好朋友，信得过我吗？

也许真会有那么海阔天空的一天，我们大家都梦想着的一天！我们不都是自由的渴慕者吗？

现在的你，确实是太使我欢喜的，你是我心里顶溺爱的人。但如其有那么一天我看见你，脸孔那么黑黑的，头发那么短短的，臂膀不像现在那么瘦小得不盈一握，而是坚实而有力的，走起路来，胸膛挺挺的，眼睛明明的发光，说话也沉着了，一个纯粹自由国土里的国民（你相信我不会爱一个"古典美人"？虽然我从前曾把林黛玉作为我的理想过），那时我真要抱着你快活得流泪了。也许那时我到底是一个弱者，那时我一定不敢见你，但我会躲在路旁看着你，而心里想，从前我曾爱过这个人……这安慰也尽可以带着我到坟墓里去而安心了。这样的梦想，也许是太美丽了，但你能接受我的意思吗？

为了你，我也有走向光明的热望，世界不会于我太寂寞。

来信与诗，都使我快活。每回你信来，往往怀着感激的心情，不只是欢喜而已。诗以较高的标准批评起来，当然不算顶好，以你的旧诗的学力而言，是很可以满意的了。第一首嫣嫣二字平仄略不顺，不大要紧。第二句固是好句子，但蹈袭我的句子太甚，把犹袭二字改为空扑吧。三四句平顺无疵。总观四句，略欠呼应，天上人间句略嫩，听之。此诗改为：

霞落遥山黯淡烟，残香空扑采莲船，
晚凉新月人归去，天上人间未许圆。

（两人字重复，因此读上去觉不顺口，倘把人归去的人改为郎字，却是一首轻倩的民歌。也许你会嫌太佻，但末句本不庄，故前面的人字不能改君字。）新月映带未许圆，使天上二字不落空。

第二首全体妥。糜字用得新，也许你用时是无意的？

第三首第二句微波漪涟重复，漪字平仄不对；第四句万般往事俗，改为年年心事即佳。全首改为：

无端明月又重圆,波面流晶漾细涟。

　　如此溪山浑若梦,年年心事逐轻烟。

三首情调轻灵得很,虽然还少新意,不愧是我的高足,我该自傲不是?

前次绝句二十首之后,又做了十一首,没有给你看。前几首较好:

　　春水桥头细柳魂,绿芜园内鹧鸪痕,

　　蜀葵花落黄蜂静,燕子楼深白日昏。

　　倚剑朗吟氋字栏,晚禽红树女萝残,

　　何当跃马横戈去,易水萧萧芦荻寒。

　　半臂晕红侧笑嫣,绿漪时掀采莲船,

　　莲魂侬魂花侬色,蛙唱满湖莲叶圆。

　　迟雪冲寒鹤羽毰,偶尔解渴落茅庵,

　　红梅白梅相对冷,小尼洗砚蹲寒潭。

略有宋诗调子，第三、四两首都故作拗句。又第九首：

> 秋花销瘦春花肥，一样风烟雨露霏，
> 萧郎吟断数根须，懊恼花前白袷衣。

第十一首：

> 燕子轻狂蝴蝶憨，满园花舞一天蓝。
> 仙人年幼翅如玉，笑澈银铃酡脸酣。

则是我诗里特有的童话似的情调。

天凉气静，愿安心读书，好好保重。

朱朱　廿三夜

秋兴杂诗七首，本没有给人看的意思，但张荃既有信给我，也不妨抄下来并给伊一读，我没有另外给伊写信的心向[1]。

1　心向：方言词，指念头。

爱流汐涨

——许地山

月儿的步履已踏过稌家的东墙了。孩子在院里已等了许久，一看见上半弧的光刚射过墙头，便忙忙跑到屋里叫道："爹爹，月儿上来了，出来给我燃香吧。"

屋里坐着一个中年的男子，他的心负了无量的愁闷。外面的月亮虽然还像去年那么圆满，那么光明，可是他对于月亮的情绪就大不如去年了。当孩子进来叫他的时候，他就起来，勉强回答说："宝璜，今晚上不必拜月，我们到院里对着月光吃些果品，回头再出去看看别人的热闹。"

孩子一听见要出去看热闹，更喜得了不得。他说："为什么今晚上不拈香呢？记得从前是妈妈点给我的。"

父亲没有回答他。但孩子的话很多，问得父亲越发伤心了。

他对着孩子不甚说话。只有向月不歇地叹息。

"爹爹今晚上不舒服么？为何气喘得那么厉害？"

父亲说："是，我今晚上病了。你不是要出去看热闹么？可以叫素云姐带你去，我不能去了。"

素云是一个年长的丫头。主人的心思、性地，她本十分明白，所以家里无论大小事几乎是她一人主持。她带宝璜出门，到河边看看船上和岸上各样的灯色；便中就告诉孩子说："你爹爹今晚不舒服了，我们得早一点回去才是。"

孩子说："爹爹白天还好好地，为何晚上就害起病来？"

"唉，你记不得后天是妈妈的百日吗？"

"什么是妈妈的百日？"

"妈妈死掉，到后天是一百天的工夫。"

孩子实在不能理会那"一百日"的深密意思，素云只得说："夜深了，咱们回家去吧。"

素云和孩子回来的时候，父亲已经躺在床上，见他们回来，就说："你们回来了。"她跑到床前回答说："二舍[1]，我们回来了。晚上大哥儿可以和我同睡，我招呼他，好不好？"

父亲说："不必。你还是睡你的吧。你把他安置好，就可以去歇息，这里没有什么事。"

1　二舍：方言词，指二少爷。

这个七岁的孩子就睡在离父亲不远的一张小床上。外头的鼓乐声，和树梢的月影，把孩子翳得不能睡觉。在睡眠的时候，父亲本有命令，不许说话；所以孩子只得默听着，不敢发出什么声音。

乐声远了，在近处的杂响中，最刺激孩子的，就是从父亲那里发出来的啜泣声。在孩子的思想里，大人是不会哭的。所以他很诧异地问："爹爹，你怕黑么？大猫要来咬你么？你哭什么？"他说着就要起来，因为他也怕大猫。

父亲阻止他，说："爹爹今晚上不舒服，没有别的事。不许起来。"

"咦，爹爹明明哭了！我每哭的时候，爹爹说我的声音像河里水声㴔㴔地响；现在爹爹的声音也和那个一样。呀，爹爹，别哭了。爹爹一哭，叫宝璜怎能睡觉呢？"

孩子越说越多，弄得父亲的心绪更乱。他不能用什么话来对付孩子，只说："璜儿，我不是说过，在睡觉时不许说话么？你再说时，爹爹就不疼你了。好好地睡吧。"

孩子只复说一句："爹爹要哭，叫人怎样睡得着呢？"以后他就静默了。

这晚上的催眠歌，就是父亲的抽噎声。不久，孩子也因着这声就发出微细的鼾息；屋里只有些杂响伴着父亲发出哀音。

原载商务印书馆1925年6月版《空山灵雨》

辑四

人间烟火味,最抚凡人心

父亲说晚上冷,吃了大家暖和些。
我们都喜欢这种白水豆腐;
一上桌就眼巴巴望着那锅,
等着那热气,
等着热气里从父亲筷子上掉下来的豆腐。

冬天

——朱自清

说起冬天，忽然想到豆腐。是一"小洋锅"（铝锅）白煮豆腐，热腾腾的。水滚着，像好些鱼眼睛，一小块一小块豆腐养在里面，嫩而滑，仿佛反穿的白狐大衣。锅在"洋炉子"（煤油不打气炉）上，和炉子都熏得乌黑乌黑，越显出豆腐的白。这是晚上，屋子老了，虽点着"洋灯"，也还是阴暗。围着桌子坐的是父亲跟我们哥儿三个。"洋炉子"太高了，父亲得常常站起来，微微地仰着脸，觑着眼睛，从氤氲的热气里伸进筷子，夹起豆腐，一一地放在我们的酱油碟里。我们有时也自己动手，但炉子实在太高了，总还是坐享其成的多。这并不是吃饭，只是玩儿。父亲说晚上冷，吃了大家暖和些。我们都喜欢这种白水豆腐；一上桌就眼巴巴望着那锅，等着那热气，等着热气里从父亲筷子上掉下来的豆腐。

又是冬天,记得是阴历十一月十六晚上,跟S君P君在西湖里坐小划子。S君刚到杭州教书,事先来信说:"我们要游西湖,不管它是冬天。"那晚月色真好,现在想起来还像照在身上。本来前一晚是"月当头";也许十一月的月亮真有些特别吧。那时九点多了,湖上似乎只有我们一只划子。有点风,月光照着软软的水波;当间那一溜儿反光,像新砑的银子。湖上的山只剩了淡淡的影子。山下偶尔有一两星灯火。S君口占两句诗道:"数星灯火认渔村,淡墨轻描远黛痕。"我们都不大说话,只有均匀的桨声。我渐渐地快睡着了。P君"喂"了一下,才抬起眼皮,看见他在微笑。船夫问要不要上净寺去;是阿弥陀佛生日,那边蛮热闹的。到了寺里,殿上灯烛辉煌,满是佛婆念佛的声音,好像醒了一场梦。这已是十多年前的事了,S君还常常通着信,P君听说转变了好几次,前年是在一个特税局里收特税了,以后便没有消息。

在台州过了一个冬天,一家四口子。台州是个山城,可以说在一个大谷里。只有一条二里长的大街。别的路上白天简直不大见人;晚上一片漆黑。偶尔人家窗户里透出一点灯光,还有走路的拿着的火把;但那是少极了。我们住在山脚下。有的是山上松林里的风声,跟天上一只两只的鸟影。夏末到那里,春初便走,却好像老在过着冬天似的;可是即便真冬天也并不冷。我们住在楼上，书房临着大路；路上有人说话，可以清清楚楚地听见。但因为走路的人太少了，间或有点说话的声音，听起来还只当远风送来的，想不到就在窗外。我们是外路人，除上学校去之外，常只在家里坐着。妻也惯了那寂寞，只和我们爷儿们守着。外边虽老是冬天，家里却老是春天。有一回我上街去，回来的时候，楼下厨房的大方窗开着，并排地挨着她们母子三个；三张脸都带着天真微笑地向着我。似乎台州空空的，只有我们四人；天地空空的，也只有我们四人。那时是民国十年，妻刚从家里出来，满自在。现在她死了快四年了，我却还老记着她那微笑的影子。

无论怎么冷，大风大雪，想到这些，我心上总是温暖的。

原载1933年12月1日《中学生》第40号

湖畔夜饮

——丰子恺

前天晚上，四位来西湖游春的朋友，在我的湖畔小屋里饮酒。酒阑人散，皓月当空，湖水如镜，花影满堤。我送客出门，舍不得这湖上的春月，也向湖畔散步去了。柳荫下一条石凳，空着等我去坐。我就坐了，想起小时在学校里唱的春月歌："春夜有明月，都作欢喜相。每当灯火中，团团清辉上。人月交相庆，花月并生光。有酒不得饮，举杯献高堂。"觉得这歌词温柔敦厚，可爱得很！又念现在的小学生，唱的歌粗浅俚鄙，没有福分唱这样的好歌，可惜得很！回味那歌的最后两句，觉得我高堂俱亡，虽有美酒，无处可献，又感伤得很！三个"得很"逼得我立起身来，缓步回家。不然，恐怕把老泪掉在湖堤上，要被月魄花灵所笑了。

回进家门，家中人说，我送客出门之后，有一上海客人来访，其人名叫CT，住在葛岭饭店。家中人告诉他，我在湖畔看月，他就向湖畔去找我了。这是半小时以前的事，此刻时钟已指十时半。我想，CT找我不到，一定已经回旅馆去歇息了。当夜我就不去找他，管自睡觉了。第二天早晨，我到葛岭饭店去找他，他已经出门，茶役正在打扫他的房间。我留了一张名片，请他正午或晚上来我家共饮。正午，他没有来。晚上，他又没有来。料想他这上海人难得到杭州来，一见西湖，就整日寻花问柳，不回旅馆，没有看见我留在旅馆里的名片。我就独酌，照例倾尽一斤。

黄昏八点钟，我正在酩酊之余，CT来了。阔别十年，身经浩劫，他反而胖了，反而年轻了。他说我也还是老样子，不过头发白些。"十年离乱后，长大一相逢。问姓惊初见，称名忆旧容。"这诗句虽好，我们可以不唱。略略几句寒暄之后，我问他吃夜饭没有。他说，他是在湖滨吃了夜饭——也饮一斤酒——不回旅馆，一直来看我的。我留在他旅馆里的名片，他根本没有看到。我肚里的一斤酒，在这位青年时代共我在上海豪饮的老朋友面前，立刻消解得干干净净，清清醒醒，我说："我们再吃酒！"他说："好，不要什么菜蔬。"窗外有些微雨，月色朦胧。西湖不像昨夜的开颜发艳，却有另一种轻颦浅笑，温润静穆的姿态。昨夜宜于到湖边步月[1],今夜宜于在灯前和老友共饮。"夜雨剪春韭",多么动人的诗句!可惜我没有家园,不曾种韭。即使我有园种韭,这晚上也不想去剪来和CT下酒。因为实际的韭菜,远不及诗中的韭菜的好吃。照诗句实行,是多么愚笨的事啊!

女仆端了一壶酒和四只盆子出来,酱鸡,酱肉,皮蛋和花生米,放在收音机旁的方桌上。我和CT就对坐饮酒。收音机上面的墙上,正好贴着一首我写的,数学家苏步青的诗:"草草杯盘共一欢,莫因柴米话辛酸。春风已绿门前草,且耐余寒放眼看。"有了这诗,酒味特别的好。我觉得世间最好的酒肴,莫如诗句。而数学家的诗句,滋味尤为纯正。因为我又觉得,别的事都可有专家,而诗不可有专家。因为作诗就是做人。人做得好的,诗也作得好。倘说作诗有专家,非专家不能作诗,就好比说做人有专家,非专家不能做人,岂不可笑?因此,有些"专家"的诗,我不爱读。因为他们往往爱用古典,蹈袭传统;咬文嚼字,卖弄玄虚;扭扭捏捏,装腔作势;甚至神经过敏,出神见鬼。而非专家的诗,倒是直直落落,明明白白,天真自然,纯正朴茂,可爱得很。樽前有了苏步青的诗,桌上的酱鸡,酱肉,皮蛋和花生米,味同嚼蜡,唾弃不足惜了!

---

1 步月:指月下散步。

我和CT共饮，另外还有一种美味的酒肴，就是话旧。阔别十年，身经浩劫。他沦陷在孤岛上，我奔走于万山中。可惊可喜，可歌可泣的话，越谈越多。谈到酒酣耳热的时候，话声都变了呼号叫啸，把睡在隔壁房间里的人都惊醒。谈到二十余年前他在宝山路商务印书馆当编辑，我在江湾立达学园教课时的事，他要看看我的子女阿宝，软软和瞻瞻——《子恺漫画》里的三个主角，幼时他都见过的。瞻瞻现在叫作丰华瞻，正在北平北大研究院，我叫不到，阿宝和软软现在叫丰陈宝和丰宁馨，已经大学毕业而在中学教课了，此刻正在厢房里和她们的弟妹们练习平剧[1]！我就喊她们来"参见"。CT用手在桌子旁边的地上比比，说："我在江湾看见你们时，只有这么高。"她们笑了，我们也笑了。这种笑的滋味，半甜半苦，半喜半悲。所谓"人生的滋味"，在这里可以浓烈地尝到。CT叫阿宝"大小姐"，叫软软"三小姐"。我说："《花生米不满足》《瞻瞻新官人，软软新娘子，宝姐姐做媒人》《阿宝两只脚，凳子四只脚》等画，都是你从我的墙壁上揭去，制了锌版在《文学周报》上发表的。你这老前辈对她们小孩子又有什么客气？依旧叫'阿宝''软软'好了。"大家都笑。人生的滋味，在这里又浓烈地尝到了。我们就默默地干了两杯。我见CT的豪饮，不减二十余年前。我回忆起了二十余年前

---

1 平剧：指京剧。

的一件旧事，有一天，我在日升楼前，遇见CT。他拉住我的手说："子恺，我们吃西菜去。"我说"好的"。他就同我向西走，走到新世界对面的晋隆西菜馆楼上，点了两客公司菜，外加一瓶白兰地。吃完之后，仆欧送账单来。CT对我说："你身上有钱吗？"我说："有！"摸出一张五元钞票来，把账付了。于是一同下楼，各自回家——他回到闸北，我回到江湾。过了一天，CT到江湾来看我，摸出一张十元钞票来，说："前天要你付账，今天我还你。"我惊奇而又发笑，说："账回过算了，何必还我？更何必加倍还我呢？"我定要把十元钞票塞进他的西装袋里去，他定要拒绝。坐在旁边的立达同事刘薰宇，就过来抢了这张钞票去，说："不要客气，拿到新江湾小店里去吃酒吧！"大家赞成。于是号召了七八个人，夏丏尊先生、匡互生、方光焘都在内，到新江湾的小酒店里去吃酒。吃完这张十元钞票时，大家都已烂醉了。此情此景，憬然在目。如今夏先生和匡互生均已作古，刘薰宇远在贵阳，方光焘不知又在何处。只有CT仍旧在这里和我共饮。这岂非人世难得之事！我们又浮两大白。

夜阑饮散，春雨绵绵。我留CT宿在我家，他一定要回旅馆。我给他一把伞，看他的高大的身子在湖畔柳荫下的细雨中渐渐地消失了。我想："他明天不要拿两把伞来还我！"

三十七年三月廿八日夜于湖畔小屋

风檐尝烤肉

——张恨水

有人吃过北平的松柴烤肉吗？现在街头上橙黄橘绿，菊花摊子四处摆着，尝过这异味的人，就会对北平悠然神往。

据传说，松柴烤牛肉，那才是真正的北方大陆风味，吃这种东西，不但是尝那个味儿，还要领略那个意境。你是个士大夫阶级，当然你无法去领略。就是我在北平做客的二十年，也是最后几年，变了方法去尝的，真正吃烤肉的功架，我也是"仆病未能"。那么，是怎么个景儿呢？说出来你会好笑的。

任何一条马路上，有极宽的人行路，这路总在一丈开外，在不妨碍行人的屋檐下，有些地方，是可以摆着浮摊的。这卖烤牛肉的炉灶，就是放置在这种地方。无论这炉灶属于大馆子、小馆子或者饭摊儿，布置全是一样。一个高可三尺的圆炉灶，上面罩着一个铁棍罩子，北方人叫着甑（读如赠），将二三尺长的松树柴，塞到甑底下去烧。卖肉的人，将牛羊肉切成像牛皮纸那么薄，巴掌大一块（这就是艺术），用碟儿盛着，放在柜台或摊板上，当太阳黄黄儿的，斜临在街头，西北风在人头上瑟瑟吹过。松火柴在炉灶上吐着红焰，带了缭绕的青烟，横过马路。在下风头远远地嗅到一种烤肉香，于是有这嗜好的人，就情不自禁地会走了过去，叫一声："掌柜的，来两碟！"这里炉子四周，围了四条矮板凳，可不是坐着的，你要坐着，是上洋车坐车踏板，算来上等车了。你走过去，可以将长袍儿大襟一撩，把右脚踏在凳子上。店伙自会把肉送来，放在炉子木架上。另外是一碟葱白，一碗料酒酱油的掺和物。木架上有竹竿做的长棍子，长约一尺五六。你夹起碟子里的肉，向酱油料酒里面一和弄，立刻送到铁甑的火焰上去烤烙。但别忘了放葱白，去掺和着，于是肉气味、葱气味、酱油酒气味、松烟气味，融合一处，铁烙罩上吱吱作响，筷子越翻弄越香。

你要是吃烧饼，店伙会给你送一碟火烧来。你要是喝酒，店伙给你送一只杯子，一个三寸高的小锡瓶儿来。那时你左脚站在地上，右脚踏在凳上，右手拿了长筷子在甑上烤肉，左手两指夹了锡瓶嘴儿，向木架子上杯子里斟白干，一筷子熟肉送到口，接着举杯抿上一口酒，那神气就大了。"虽南面王无以易也！"

趣味还不止此，一个甑，同时可以围了六七个人吃。大家全是过路人，谁也不认识谁。可是各人在甑上占一块小地盘烤肉，有个默契的君子协定，互不侵犯。各烤各的，各吃各的。偶然交上一句话："味儿不坏！"于是做个会心的微笑。吃饱了，人喝足了，在店堂里去喝碗小米稀饭，就着盐水疙瘩，或者要个天津萝卜啃，浓腻了之后再来个清淡，其味无穷。另有个笑话，不巧，烤肉时，站在下风头，炉子里松烟，可向脸上直扑，你得时时闪开，去揉擦眼泪水儿。可是一面揉眼睛，一面夹长筷子烤肉，也有的是，那就是趣味吗！

这样说来，士大夫阶级，当然尝不到这滋味。不，顺直门里烤肉宛家的灰棚里，东安市场东来顺三层楼上，前门外正阳楼院子里，也可以烤肉吃。尤其是烤肉宛家，每到夕阳西下，喝小米稀饭的雅座里，可以搬出二三十件狐皮大衣，自然，那灰棚门口，停着许多漂亮汽车。唉！于今想来，是一场梦。

落花生

——老舍

我是个谦卑的人。但是,口袋里装上四个铜板的落花生,一边走一边吃,我开始觉得比秦始皇还骄傲。假若有人问我:"你要是做了皇上,你怎么享受呢?"简直的不必思索,我就答得出:"派四个大臣拿着两块钱的铜子,爱买多少花生吃就买多少!"

什么东西都有个幸与不幸。不知道为什么瓜子比花生的名气大。你说,凭良心说,瓜子有什么吃头?它夹你的舌头,塞你的牙,激起你的怒气——因为一咬就碎;就是幸而没碎,也不过是那么小小的一片,不解饿,没味道,劳民伤财,布尔乔亚!你看落花生:大大方方的,浅白麻子,细腰,曲线美。这还只是看外貌。弄开看:一胎儿两个或者三个粉红的胖小子。脱去粉红的衫儿，象牙色的豆瓣一对对地抱着，上边儿还结着吻。那个光滑，那个水灵，那个香喷喷的，碰到牙上那个干松酥软！白嘴吃也好，就酒喝也好，放在舌上当槟榔含着也好。写文章的时候，三四个花生可以代替一支香烟，而且有益无损。

种类还多呢：大花生，小花生，大花生米，小花生米，糖钱的，炒的，煮的，炸的，各有各的风味，而都好吃。下雨阴天，煮上些小花生，放点盐；来四两玫瑰露；够作好几首诗的。瓜子可给诗的灵感？冬夜，早早的躺在被窝里，看着《水浒》，枕旁放着些花生米；花生米的香味，在舌上，在鼻尖；被窝里的暖气，武松打虎……这便是天国！冬天在路上，刮着冷风，或下着雪，袋里有些花生使你心中有了主儿；掏出一个来，剥了，慌忙往口中送，闭着嘴嚼，风或雪立刻不那么厉害了。况且，一个二十岁以上的人肯神仙似的，无忧无虑地，随随便便地，在街上一边走一边吃花生，这个人将来要是做了宰相或度支部尚书，他是不会有官僚气与贪财的。他若是做了皇上，必是朴俭温和直爽天真的一位皇上，没错。吃瓜子的照例不在街上走着吃，所以我不给他保这个险。

至于家中要是有小孩儿，花生简直比什么也重要。不但可以吃，而且能拿它们玩。夹在耳唇上当环子，几个小姑娘就能办很大的一回喜事。小男孩若找不着玻璃球儿，花生也可以当弹儿。玩法还多着呢。玩了之后，剥开再吃，也还不脏。两个大子儿的花生可以玩半天；给他们些瓜子试试。

论样子，论味道，栗子其实满有势派儿。可是它没有落花生那点家常的"自己"劲儿。栗子跟人没有交情，仿佛是。核桃也不行，榛子就更显着疏远。落花生在哪里都有人缘，自天子以至庶人都跟它是朋友；这不容易。

在英国，花生叫作"猴豆"——Monkey nuts。人们到动物园去才带上一包，去喂猴子。花生在这个国里真不算很光荣，可是我亲眼看见去喂猴子的人——小孩就更不用提了——偷偷地也往自己口中送这猴豆。花生和苹果好像一样的有点魔力，假如你知道苹果的典故；我这儿确是用着典故。

美国吃花生的不限于猴子。我记得有位美国姑娘，在到中国来的时候，把几只皮箱的空处都填满了花生，大概凑起来总够十来斤吧，怕是到中国吃不着这种宝物。美国姑娘都这样重看花生，可见它确是有价值；按照哥伦比亚的哲学博士的辩证法看，这当然没有误儿。

花生大概还跟婚礼有点关系，一时我可想不起来是怎么个办法了；不是新娘子在轿里吃花生，不是；反正是什么什么春吧——你可晓得这个典故？其实花轿里真放上一包花生米，新娘子未必不一边落泪一边嚼着。

原载1935年1月20日《漫画生活》第5期

喝得很慢的土豆汤

——肖复兴

那天下午两点多,我和妻子路过北大,因为还没有吃午饭,忽然想起儿子曾经特意带我们去过的一家朝鲜小馆,就在附近,离北大的西门不远,一拐弯儿就到,便进了这家朝鲜小馆。

大概由于早过了饭点儿,小馆里没有一个客人,空荡荡的,只有风扇寂寞地呼呼吹着。一个服务员,是个胖乎乎的小姑娘走了过来,把我们领到靠窗的风扇前让座坐下,说这里凉快,然后递过菜谱问我们吃点儿什么。我想起上次儿子带我们来,点了一个土豆汤,非常好吃,很浓的汤,却很润滑细腻,微辣中有 种特殊的清香味儿,湿润的艾草似的撩人胃口。不过已经过去了两个多月的时间,我忘记是用鸡块炖的了,还是用牛肉炖的,便对妻子嘀咕:"你还记得吗?"妻子也忘记了。儿子在北大读书的时候，常常和同学到这家小馆里吃饭。由于是24小时营业，价格和朝鲜风味又都特别对他们的口味，非常受他们的欢迎，对这里的菜当然比我们要熟悉。大学毕业，儿子去美国读研，放假回来和同学聚会，总还要跑到这里，点他们最爱吃的菜。可惜，儿子假期已满，又回美国接着读书去了，天远地远，没法子问他了。

没有想到，小姑娘这时对我们说道："上次你们是不是和你们的儿子一起来的，就坐在里面那个位子？"她说着一口浓郁的东北话，用胖乎乎的小手指了指里面靠墙的位子。

我和妻子都惊住了。她居然记得这样清楚，那时，我们和儿子确实就坐在那里。

我更没有想到的是，她接着用一种很肯定的口气对我们说："那次你们要的是鸡块炖土豆汤。"

这样的肯定，让我心里相信了她，不过，开玩笑地对她说："你就这么肯定？"

她笑了："没错，你们要的就是鸡块炖土豆汤。"

我也笑了："那就要鸡块炖土豆汤。"

她望望我和妻子，像考试成绩不错得到了赞扬似的，高声向后厨报着菜名："鸡块炖土豆汤！"高兴地风摆柳枝走去。

刚才和小姑娘的对话，让我和妻子在那一瞬间都想起了儿子。思念，变得一下子那么近，近得可触可摸，就在只隔几排座位的那个位子上，走过去，一伸手，就能够抓到。两个多月前，儿子要离开我们回美国读书的时候，特意带我们到这家小馆，让我们尝尝他和他的同学的青春滋味。那一次，他特别向我们推荐了这个鸡块炖土豆汤，他说他和他们同学都特别爱喝，每次来都点这个土豆汤，让我们一定要尝尝。因为儿子临行前的时间安排得很满，我和妻子知道，那一次，也是他和我们的告别宴。所以，那一次的土豆汤，我们喝得格外慢，边聊边喝，临行密密缝一般，彼此嘱咐着，诉说着没完没了的话，一直从中午喝到了黄昏，一锅汤让服务员续了几次汤，又热了几次。许多的味道，浓浓的，都搅拌在那土豆汤里了。

不过，事情已经过去了两个多月，我都忘记了到底喝的什么土豆汤了，这个胖乎乎的小姑娘居然还能够如此清楚地记得我们喝的是鸡块炖土豆汤，而且记得我们坐的具体位置，真让我有些奇怪。小馆24小时营业，一直热闹非常，来来往往那么多的客人，点的那么多个同品种的菜和汤，她怎么就能够一下子记住了我们，而且准确无误地判断出那就是我们的儿子，同时记住了我们要的是什么样的土豆汤？这确实让我好奇，百思不解。

汤上来了，鸡块炖土豆汤，浓浓的，热气缭绕，清香味扑鼻，抿了一小口，两个多月前的味道和情景立刻又回到了眼前，熟悉而亲切，仿佛儿子就坐在面前。

147

"是吧,是这个土豆汤吧?"小姑娘望着我,笑着问我。

"是,就是这个汤。"

然后,我问小姑娘:"你怎么记得我们当初要的是这个汤?"

她笑笑望望我和妻子,没有说话,转身走去。

那一天下午的土豆汤,我们喝得很慢。

结完账,临走的时候,小姑娘早早地等候在门口,为我们撩起珠子串起的门帘,向我们道了声再见。我心里的谜团没有解开,刚才一边喝着汤一边还在琢磨,小姑娘怎么就能够那么清楚地记得我们和儿子那次到这里来吃饭坐的位置和要的土豆汤?总觉得一定是有原因的。那么,是什么原因呢?是因为那一次我们的土豆汤喝得太慢,麻烦让她来回热了好几次的缘故,让她记住了?还是因为来这家小馆的大多是附近年轻的大学生,一下子出现我们这样大年纪的客人,显得格外扎眼?我不大甘心,出门前再一次问她:"小姑娘,你是怎么就能记住我们要的是鸡块炖土豆汤的呢?"

她还是那样抿着嘴微微地笑着,没有回答。

我只好夸奖她:"你真是好记性!"

一路上,我和妻子都一直嘀咕着这个小姑娘和对于我们有些奇怪的土豆汤。星期天,和儿子通电话时,我对他讲起了这件事,他也非常好奇,一个劲儿直问我:"这太有意思了,你没问问她到底是怎么回事吗?"我告诉他:"我问了,小姑娘光是笑,不回答我为什么呀。"

被人记住,总是一件让人高兴的事,不过,对于我们一家三口,这确实是一个谜。也许,人生本来就有许多解不开的谜,让生活充满着迷离的想象,让人和人之间有着神奇的交流,让庸常的日子有了温馨的念想和悬念。

又过去了好几个月,树叶都渐渐地黄了,天也渐渐地冷了。那天下午,还是两点多钟,我去中关村办事,那家小馆,那个小姑娘,和那锅鸡块炖土豆汤,立刻又从沉睡中苏醒过来似的,闯进我的心头。离着不远,干吗不去那里再喝一喝鸡块炖土豆汤?便一拐弯儿,又进了那家小馆。

因为不是饭点儿,小馆里依然很清静,不过,里面已经有了客人,一男一女正面对面坐着吃饭,蒸腾的热气弥漫着他们的头顶。见我进门,一个小伙子迎上前来,让我坐下,递给我菜谱。我止奇怪,服务员怎么换成男的,那个小姑娘哪里去了?扭头看见了那一对面对面坐在那里吃饭的人中的那个女的,就是那个胖乎乎的小姑娘,对面坐着的是一个年龄大约四五十岁的男人,看那模样长得和小姑娘很像,不用说,一定是她的父亲。她也看见了我,向我笑笑,算是打了招呼。

我要的还是鸡块炖土豆汤。因为炖汤要有一些时间,我走过去和小姑娘聊天,看见他们父女俩要的也是鸡块炖土豆汤。我笑

149

了，她也笑了，那笑中含有的意思，只有我们两人明白，她的父亲看着有些蹊跷。

我问："这位是你父亲？"

她点点头，有些兴奋地说："刚刚从我老家来。我都和我爸爸好几年没有见了。"

"想你爸爸了！"

她笑了，她的父亲也很慈厚地笑着，望望我，又望望女儿。

难得的父女相见，我能想象得出，一定是女儿跑到北京打工好几年了，终于有了父女见面的机会，是难得的。我不想打搅他们，走回自己的座位，要了一瓶啤酒，静静地等我的土豆汤。我的心里充满着感动，我忽然明白了，这个小姑娘当初为什么一下子就记住了我们和儿子，记住了我们要的土豆汤。人同此情，情同此理，没有比亲人之间分别的思念和相逢的欢欣，更能够让人感动和难忘的了。亲情，在那一刻流淌着，洇湿了所有的时间和空间的距离。

土豆汤上来了，抬头一看，我没有想到，是小姑娘为我端上来的。我还没有责怪她怎么不陪父亲，她已经看出了我的意思，先对我说："我们店里的人手少，老板让我和我爸爸一起吃饭，已经是很不错了。"和上次她像个扎嘴的葫芦大不一样，小姑娘的话明显地多了起来。说罢，她转身走去，走到她父亲的旁边，从袅娜的背影，也能看出她的快乐。

那一个下午,我的土豆汤喝得很慢。我看见,小姑娘和她的爸爸那一锅土豆汤喝得也很慢。

2004年9月15日于北京雨中

饮食男女在福州

———郁达夫

福州的食品，向来就很为外省人所赏识：前十余年在北平，说起私家的厨子，我们总同声一致地赞成刘崧生先生和林宗孟先生家里的蔬菜的可口。当时宣武门外的忠信堂正在流行，而这忠信堂的主人，就系旧日刘家的厨子，曾经做过清室的御厨房的。上海的小有天以及现在早已歇业了的消闲别墅，在粤菜还没有征服上海之先，也曾盛行过一时。面食里的伊府面，听说还是汀州伊墨卿太守的创作；太守住扬州日久，与袁子才也时相往来，可惜他没有像随园老人那么的好事，留下一本食谱来，教给我们以烹调之法；否则，这一个福建萨伐郎（Savarin）的荣誉，也早就可以驰名海外了。

福建菜的所以会这样著名，而实际上却也实在是丰盛不过的原因，第一，当然是由于天然物产的富足。福建全省，东南并海，西北多山，所以山珍海味，一例的都贱如泥沙。听说沿海的居民，不必忧虑饥饿，大海潮回，只消上海滨去走走，就可以拾一篮海货来充作食品。又加以地气温暖，土质腴厚，森林蔬菜，随处都可以培植，随时都可以采撷。一年四季，笋类菜类，常是不断；野菜的味道，吃起来又比别处的来得鲜甜。福建既有了这样丰富的天产，再加上以在外省各地游宦营商者的数目的众多，作料采从本地，烹制学自外方，五味调和，百珍并列，于是乎闽菜之名，就宣传在饕餮家的口上了。清初周亮工著的《闽小纪》两卷，记述食品处独多，按理原也是应该的。

福州海味，在春三二月间，最流行而最肥美的，要算来自长乐的蚌肉，与海滨一带多有的蛎房。《闽小纪》里所说的西施舌，不知是否指蚌肉而言；色白而腴，味脆且鲜，以鸡汤煮得适宜，长圆的蚌肉，实在是色香味俱佳的神品。听说从前有一位海军当局者，老母病剧，颇思乡味；远在千里外，欲得一蚌肉，以解死前一刻的渴慕，部长纯孝，就以飞机运蚌肉至都。从这一件轶事看来，也可想见这蚌肉的风味了；我这一回赶卜福州，正及蚌肉上市的时候，所以红烧白煮，吃尽了几百个蚌，总算也是此生的豪举，特笔记此，聊志口福。

蛎房并不是福州独有的特产，但福建的蛎房，却比江浙沿海一带所产的，特别的肥嫩清洁。正二三月间，沿路的摊头店里，到处都堆满着这淡蓝色的水包肉;价钱的廉,味道的鲜,比到东坡在岭南所贪食的蚝,当然只会得超过。可惜苏公不曾到闽海去谪居,否则,阳羡之田,可以不买,苏氏子孙,或将永寓在三山二塔之下,也说不定。福州人叫蛎房作"地衣",略带"挨"字的尾声,写起字来,我想只有"蚭"字,可以当得。

在清初的时候,江瑶柱似乎还没有现在那么的通行,所以周亮工再三地称道,誉为逸品。在目下的福州,江瑶柱却并没有人提起了,鱼翅席上,缺少不得的,倒是一种类似宁波横脚蟹的蚵蟹,福州人叫作"新恩",《闽小纪》里所说的虎蚵,大约就是此物。据福州人说,蚵肉最滋补,也最容易消化,所以产妇病人以及体弱的人,往往爱吃。但由对蟹类素无好感的我看来,却仍赞成周亮工之言,终觉得质粗味劣,远不及蚌与蛎房或香螺的来得干脆。

福州海味的种类,除上述的三种以外,原也很多很多;但是别地方也有,我们平常在上海也常常吃得到的东西,记下来也没有什么价值,所以不说。至于与海错相对的山珍哩,却更是可以干制,可以输出的东西,益发的没有记述的必要了,所以在这里只想说一说叫作肉燕的那一种奇异的包皮。

初到福州,打从大街小巷里走过,看见好些店家,都有一个大砧头摆在店中;一两位壮强的男子,拿了木锥,只在对着砧上的一大块猪肉,一下一下的死劲地敲。把猪肉这样的乱敲乱打,究竟算什么回事？我每次看见，总觉得奇怪；后来向福州的朋友一打听，才知道这就是制肉燕的原料了。所谓肉燕者，将是将猪肉打得粉烂，和入面粉，然后再制成皮子，如包馄饨的外皮一样，用以来包制菜蔬的东西。听说这物事在福建，也只是福州独有的特产。

福州食品的味道，大抵重糖；有几家真正福州馆子里烧出来的鸡鸭四件，简直是同蜜饯的罐头一样，不杂入一粒盐花。因此福州人的牙齿，十人九坏。有一次去看三赛乐的闽剧，看见台上演戏的人，个个都是满口金黄；回头更向左右的观众一看，妇女子的嘴里也大半镶着全副的金色牙齿。于是天黄黄，地黄黄，弄得我这一向就痛恨金牙齿的偏执狂者，几乎想放声大哭，以为福州人故意在和我捣乱。

将这些脱嫌糖重的食味除起，若论到酒，则福州的那一种土黄酒，也还勉强可以喝得。周亮工所记的玉带春、梨花白、蓝家酒、碧霞酒、莲须白、河清、双夹、西施红、状元红等，我都不曾喝过，所以不敢品评。只有会城各处在卖的鸡老（酪）酒，颜色却和绍酒一样的红似琥珀，味道略苦，喝多了觉得头痛。听说这是以一牛鸡，悬之酒中，等鸡肉鸡骨都化了后，然后开坛饮用的酒，自然也是越陈越好。福州酒店外面，都写酒库两字，发卖叫发扛，也是新奇得很的名称。以红糟酿的甜酒，味道有点像上海的甜白酒，不过颜色桃红，当是西施红等名目出处的由来。莆田的荔枝酒，颜色深红带黑，味甘甜如西班牙的宝德红葡萄，虽则名贵，但我却终不喜欢。福州一般宴客，喝的总还是绍兴花雕，价钱极贵，斤量又不足，而酒味也淡似沪杭各地，我觉得建庄终究不及京庄。

福州的水果花木，终年不断；橙柑、福橘、佛手、荔枝、龙眼、甘蔗、香蕉，以及茉莉、兰花、橄榄等等，都是全国闻名的品物；好事者且各有谱谍之著，我在这里，自然可以不说。

闽茶半出武夷，就是不是武夷之产，也往往借这名山为号召。铁罗汉，铁观音的两种，为茶中柳下惠，非红非绿，略带赭色；酒醉之后，喝它三杯两盏，头脑倒真能清醒一下。其他若龙团玉乳，大约名目总也不少，我不恋茶娇，终是俗客，深恐品评失当，贻笑大方，在这里只好轻轻放过。

从《闽小纪》中的记载看来，番薯似乎还是福建人开始从南洋运来的代食品；其后因种植的便利，食味的甘美，就流传到内地去了；这植物传播到中国来的时代，只在三百年前，是明末清初的时候，因亮工所记如此，不晓得究竟是否确实。不过福建的米麦，向来就说不足，现在也须仰给于外省或台湾，但田稻倒又可以一年两植。而福州正式的酒席，大抵总不吃饭散场，因为菜太丰盛了，吃到后来，总已个个饱满，用不着再以饭颗来充腹之故。

饮食处的有名处所，城内为树春园、南轩、河上酒家、可然亭等。味和小吃，亦佳且廉；仓前的鸭面，南门兜的素菜与牛肉馆、鼓楼西的水饺子铺，都是各有长处的小吃处；久吃了自然不对，偶尔去一试，倒也别有风味。城外在南台的西菜馆，有嘉宾、西宴台、法大、西来，以及前临闽江，内设戏台的广聚楼等。洪山桥畔的义心楼，以吃形同比目鱼的贴沙鱼著名；仓前山的快乐林，以吃小盘西洋菜见称，这些当然又是菜馆中的别调。至如我所寄寓的青年会食堂，地方清洁宽广，中西菜也可以吃吃，只是不同耶稣的飨宴十二门徒一样，不许顾客醉饮葡萄酒浆，所以正式请客，大感不便。

此外则福建特有的温泉浴场，如汤门外的百合、福龙泉，飞机场的乐天泉等，也备有饮馔供客；浴室往往在这些浴场里，可以鬼混一天，不必出外去买酒买食，却也便利。从前听说更可以在个人池内男女同浴，则饮食男女，就不必分求，一举竟可以两得了。

要说福州的女子，先得说一说福建的人种。大约福建土著的最初老百姓，为南洋近边的海岛人种；所以面貌习俗，与日本的九州一带，有点相像。其后汉族南下，与这些土人杂婚，就成了无诸种族，系在春秋战国，吴越争霸之后。到得唐朝，大兵入境；相传当时曾杀尽了福建的男子，只留下女人，以配彵身的兵士；故而直至现在，福州人还呼丈夫为"唐晡人"，晡者系日暮袭来的意思，同时女人的"诸娘仔"之名，也出来了。还有现在东门外北门外的许多工女农妇，头上仍带着三把银刀似的簪为发饰，俗称她们作三把刀，据说犹是当时的遗制。因为她们的父亲丈夫儿子，都被外来的征服者杀了；她们誓死不肯从敌，故而时时带着三把刀在身边，预备复仇。只今台湾的福建籍妓女，听说也是一样；亡国到了现在，也已经有好多年了，而她们却仍不肯与日本的嫖客同宿。若有人破此旧习，而与日本嫖客同宿一宵者，同人中就视作禽兽，耻不与伍，这又是多么悲壮的一幕惨剧！谁说犹唱后庭花处，商女都不知家国的兴亡哩！试看汉奸到处卖国，而妓女乃不肯辱身，其间相去，又岂只泾渭的不同？这一种古代的人种，与唐人杂婚之后，一部分不完全唐化，仍保留着他们固有的生活习惯，宗教仪式的，就是现在仍旧退居在北门外万山深处的畲民。此外的一族，以水上为家，明清以后，一向被视为贱民，不时受汉人的蹂躏的，相传其祖先系蒙古人，自元亡后，遂贬为蜑户，俗呼科蹄。科蹄实为曲蹄之别音，因他们常常曲膝盘坐在船舱之内，两脚弯曲，故有此称。串通倭寇，骚扰沿海一带的居民，古时在泉州叫作泉郎的，就是这一种人种的旁支。

因为福州人种的血统，有这种种的沿革，所以福建人的面貌，和一般中原的汉族，有点两样。大致广颡深眼，鼻子与颧骨高突，两颊深陷成窝，下额部也稍稍尖凸向前。这一种面相，生在男人的身上，倒也并不觉得特别；但一生在女人的身上，高突部为嫩白的皮肉所调和，看起来却个个都是线条刻画分明，像是希腊古代的雕塑人形了。福州女子的另一特点，是在她们的皮色的细白。生长在深闺中的宦家小姐，不见天日，白腻原也应该；最奇怪的，却是那些住在城外的工农佣妇，也一例地有着那种嫩白微红，像刚施过脂粉似的皮肤。大约日夕灌溉的温泉浴是一种关系，吃的闽江江水，总也是一种关系。

我们从前没有居住过福建，心目中总只以为福建人种，是一种蛮族。后来到了那里，和他们的文化一接触，才晓得他们虽则开化得较迟，但进步得却很快；又因为东南是海港的关系，中西文化的交流，也比中原僻地为频繁，所以闽南的有些都市，简直繁华摩登得可以同上海来争甲乙。及至观察稍深，一移目到了福州的女性，更觉得她们的美的水准，比苏杭的女子要高好几倍；而装饰的入时，身体的康健，比到苏州的小型女子，又得高强数倍都不止。

"天生丽质难自弃"，表露欲，装饰欲，原是女性的特嗜；而福州女子所有的这一种显示本能，似乎比什么地方的人还要强一点。因而天晴气爽，或岁时伏腊，有迎神赛会的关头，南大街，仓前山一带，完全是美妇人披露的画廊。眼睛个个是灵敏深黑的，鼻梁个个是细长高窕的，皮肤个个是柔嫩雪白的；此外还要加上以最摩登的衣饰，与来自巴黎纽约的化妆品的香雾与红霞，你说这幅福州晴天午后的全景，美丽不美丽？迷人不迷人？

亦唯因此之故，所以也影响到了社会，影响到了风俗。国民经济破产，是全国到处都一样的事实；而这些妇女子们，又大半是不生产的中流以下的阶级。衣食不足，礼义廉耻之凋伤，原是自然的结果，故而在福州住不上几月，就时时有暗娼流行的风说，传到耳边上来。都市集中人口以后，这实在也是一种不可避免而急待解决的社会大问题。

说及了娼妓，自然不得不说一说福州的官娼。从前邵武诗人张亨甫，曾著过一部《南浦秋波录》，是专记南台一带的烟花韵事的；现在世业凋零，景气全落，这些乐户人家，完全没有旧日的豪奢影子了。福州最上流的官娼，叫作白面处，是同上海的长三一样的款式。听几位久住福州的朋友说，白面处近来门可罗雀，早已掉在没落的深渊里了；其次还勉强在维持市面的，是以卖嘴不卖身为标榜的清唱堂，无论何人，只须花三元法币，就能进去听三出戏。就是这一时号称极盛的清唱堂，现在也一家一家的废了业，只剩了田墩的三五家人家。自此以下，则完全是惨无人道的下等娼妓，与野鸡款式的无名密贩了，数目之多，求售之切，到了骇人听闻的地步。至于城内的暗娼，包月妇，零售处之类，只听见公安维持者等谈起过几次，报纸上见到过许多回，内容虽则无从调查，但演绎起来，旁证以社会的萧条，产业的不振，国步[1]的艰难，与夫人口的过剩，总也不难举一反三，晓得她

---

[1] 国步：指国运。

们的大概。

总之，福州的饮食男女，虽比别处稍觉得奢侈，而福州的社会状态，比别处也并不见得十分的堕落。说到两性的纵弛，人欲的横流，则与风土气候有关，次热带的境内，自然要比温带寒带为剧烈。而食品的丰富，女子一般姣美与健康，却是我们不曾到过福建的人所意想不到的发现。

1936年6月2日

辑五

漫品浮生，人间值得

他平平静静，没有大喜大忧，没有烦恼，
无欲望亦无追求，天然恬淡，
每天只是吃抻条面、拨鱼儿，
抱膝闲看，带着笑意，
用孩子 样天真的眼睛。

宗月大师

——老舍

在我小的时候，我因家贫而身体很弱。我九岁才入学。因家贫体弱，母亲有时候想叫我去上学，又怕我受人家的欺侮，更因交不上学费，所以一直到九岁我还不识一个字。说不定，我会一辈子也得不到读书的机会。因为母亲虽然知道读书的重要，可是每月间三四吊钱的学费，实在让她为难。母亲是最喜脸面的人。她迟疑不决，光阴又不等待着任何人，荒来荒去，我也许就长到十多岁了。一个十多岁的贫而不识字的孩子，很自然地去做个小买卖——弄个小筐，卖些花生、煮豌豆或樱桃什么的。要不然就是去学徒。母亲很爱我，但是假若我能去做学徒，或提篮沿街卖樱桃而每天赚几百钱，她或者就不会坚决地反对。穷困比爱心更有力量。

有一天刘大叔偶然地来了。我说"偶然地",因为他不常来看我们。他是个极富的人,尽管他心中并无贫富之别,可是他的财富使他终日不得闲,几乎没有工夫来看穷朋友。一进门,他看见了我。"孩子几岁了?上学没有?"他问我的母亲。他的声音是那么洪亮(在酒后,他常以学喊俞振庭的《金钱豹》自傲),他的衣服是那么华丽,他的眼是那么亮,他的脸和手是那么白嫩肥胖,使我感到我大概是犯了什么罪。我们的小屋,破桌凳,土炕,几乎禁不住他的声音的震动。等我母亲回答完,刘大叔马上决定:"明天早上我来,带他上学,学钱、书籍,大姐你都不必管!"我的心跳起多高,谁知道上学是怎么一回事呢!

第二天,我像一条不体面的小狗似的,随着这位阔人去入学。学校是一家改良私塾,在离我的家有半里多地的一座道士庙里。庙不甚大,而充满了各种气味:一进山门先有一股大烟味,紧跟着便是糖精味(有一家熬制糖球糖块的作坊),再往里,是厕所味,与别的臭味。学校是在大殿里。大殿两旁的小屋住着道士,和道士的家眷。大殿里很黑、很冷。神像都用黄布挡着,供桌上摆着孔圣人的牌位。学生都面朝西坐着,一共有三十来人。西墙上有一块黑板——这是"改良"私塾。老师姓李,一位极死板而极有爱心的中年人。刘大叔和李老师"嚷"了一顿,而后叫我拜圣人及老师。老师给了我一本《地球韵言》和一本《三字经》。我于是,就变成了学生。

自从做了学生以后,我时常地到刘大叔的家中去。他的宅子有两个大院子,院中几十间房屋都是出廊的。院后,还有一座相当大的花园。宅子的左右前后全是他的房屋,若是把那些房子齐齐地排起来,可以占半条大街。此外,他还有几处铺店。每逢我去,他必招呼我吃饭,或给我一些我没有看见过的点心。他绝不以我为一个苦孩子而冷淡我,他是阔大爷,但是他不以富傲人。

在我由私塾转入公立学校去的时候,刘大叔又来帮忙。这时候,他的财产已大半出了手。他是阔大爷,他只懂得花钱,而不知道计算。人们吃他,他甘心叫他们吃;人们骗他,他付之一笑。他的财产有一部分是卖掉的,也有一部分是被人骗了去的。他不管;他的笑声照旧是洪亮的。

到我在中学毕业的时候,他已一贫如洗,什么财产也没有了,只剩了那个后花园。不过,在这个时候,假若他肯用用心思,去调整他的产业,他还能有办法叫自己丰衣足食,因为他的好多财产是被人家骗了去的。可是,他不肯去请律师。贫与富在他心中是完全一样的。假若在这时候,他要是不再随便花钱,他至少可以保住那座花园,和城外的地产。可是,他好善。尽管他自己的儿女受着饥寒,尽管他自己受尽折磨,他还是去办贫儿学校,粥厂,等等慈善事业。他忘了自己。就是在这个时候,我和他过往得最密。他办贫儿学校,我去做义务教师。他施舍粮米,我去帮忙调查及散放。在我的心里,我很明白:放粮放钱不过只是延长贫民的受苦难的日期，而不足以阻拦住死亡。但是，看刘大叔那么热心，那么真诚，我就顾不得和他辩论，而只好也出点力了。即使我和他辩论，我也不会得胜，人情是往往能战败理智的。

在我出国以前，刘大叔的儿子死了。而后，他的花园也出了手。他入庙为僧，夫人与小姐入庵为尼。由他的性格来说，他似乎势必走入避世学禅的一途。但是由他的生活习惯上来说，大家总以为他不过能念念经，布施布施僧道而已，而绝对不会受戒出家。他居然出了家。在以前，他吃的是山珍海味，穿的是绫罗绸缎。他也嫖也赌。现在，他每日一餐，入秋还穿着件夏布道袍。这样苦修，他的脸上还是红红的，笑声还是洪亮的。对佛学，他有多么深的认识，我不敢说。我却真知道他是个好和尚，他知道一点便去做一点，能做一点便做一点。他的学问也许不高，但是他所知道的都能见诸实行。

出家以后，他不久就做了一座大寺的方丈。可是没有好久就被驱除出来。他是要做真和尚，所以他不惜变卖庙产去救济苦人。庙里不要这种方丈。一般地说，方丈的责任是要扩充庙产，而不是救苦救难的。离开大寺，他到一座没有任何产业的庙里做方丈。他自己既没有钱，他还须天天为僧众找到斋吃。同时，他还举办粥厂等慈善事业。他穷，他忙，他每日只进一顿简单的素餐，可是他的笑声还是那么洪亮。他的庙里不应佛事，赶到有人来请,他便领着僧众给人家去唪真经,不要报酬。他整天不在庙里,但是他并没忘了修持;他持戒越来越严,对经义也深有所获。他白天在各处筹钱办事,晚间在小室里做工夫。谁见到这位破和尚也不曾想到他曾是个在金子里长起来的阔大爷。

去年,有一天他正给一位圆寂了的和尚念经,他忽然闭上了眼,就坐化了。火葬后,人们在他的身上发现许多舍利。

没有他,我也许一辈子也不会入学读书。没有他,我也许永远想不起帮助别人有什么乐趣与意义。他是不是真的成了佛?我不知道。但是,我的确相信他的居心与言行是与佛相近似的。我在精神上物质上都受过他的好处,现在我的确愿意他真的成了佛,并且盼望他以佛心引领我向善,正像在三十五年前,他拉着我去入私塾那样!

他是宗月大师。

原载1940年1月23日《华西日报》

回忆鲁迅先生

——萧红

鲁迅先生的笑声是明朗的,是从心里的欢喜。若有人说了什么可笑的话,鲁迅先生笑得连烟卷都拿不住了,常常是笑得咳嗽起来。

鲁迅先生走路很轻捷,尤其使人记得清楚的,是他刚抓起帽子来往头上一扣,同时左腿就伸出去了,仿佛不顾一切地走去。

鲁迅先生不大注意人的衣裳,他说:"谁穿什么衣裳我看不见的……"

鲁迅先生生的病,刚好了一点,他坐在躺椅上,抽着烟,那天我穿着新奇的大红的上衣,很宽的袖子。

鲁迅先生说:"这天气闷热起来,这就是梅雨天。"他把他装在象牙烟嘴上的香烟,又用手装得紧一点,往下又说了别的。

许先生忙着家务，跑来跑去，也没有对我的衣裳加以鉴赏。

于是我说："周先生，我的衣裳漂亮不漂亮？"

鲁迅先生从上往下看了一眼："不大漂亮。"

过了一会又接着说："你的裙子配的颜色不对，并不是红上衣不好看，各种颜色都是好看的，红上衣要配红裙子，不然就是黑裙子，咖啡色的就不行了；这两种颜色放在一起很浑浊……你没看到外国人在街上走的吗？绝没有下边穿一件绿裙子，上边穿一件紫上衣，也没有穿一件红裙子而后穿一件白上衣的……"

鲁迅先生就在躺椅上看着我："你这裙子是咖啡色的，还带格子，颜色浑浊得很，所以把红色衣裳也弄得不漂亮了。

"……人瘦不要穿黑衣裳，人胖不要穿白衣裳；脚长的女人一定要穿黑鞋子，脚短就一定要穿白鞋子；方格子的衣裳胖人不能穿，但比横格子的还好；横格子的胖人穿上，就把胖子更往两边裂着，更横宽了，胖子要穿竖条子的，竖的把人显得长，横的把人显得宽……"

那天鲁迅先生很有兴致，把我一双短筒靴子也略略批评一下，说我的短靴是军人穿的，因为靴子的前后都有一条线织的拉手，这拉手据鲁迅先生说是放在裤子下边的……

我说："周先生，为什么那靴子我穿了多久了而不告诉我，怎么现在才想起来呢？现在我不是不穿了吗？我穿的这不是另外的鞋吗？"

"你不穿我才说的，你穿的时候，我一说你该不穿了。"

那天下午要赴一个宴会去，我要许先生给我找一点布条或绸条束一束头发。许先生拿了来米色的绿色的还有桃红色的。经我和许先生共同选定的是米色的。为着取美，把那桃红色的，许先生举起来放在我的头发上，并且许先生很开心地说着：

"好看吧！多漂亮！"

我也非常得意，很规矩又顽皮地在等着鲁迅先生往这边看我们。

鲁迅先生这一看，脸是严肃的，他的眼皮往下一放向着我们这边看着：

"不要那样装饰她……"

许先生有点窘了。

我也安静下来。

鲁迅先生在北平教书时，从不发脾气，但常常好用这种眼光看人，许先生常跟我讲。她在女师大读书时，周先生在课堂上，一生气就用眼睛往下一掠，看着她们，这种眼光是鲁迅先生在记范爱农先生的文字曾自己述说过，而曾接触过这种眼光的人就会感到一个时代的全智者的催逼。

我开始问："周先生怎么也晓得女人穿衣裳的这些事情呢？"

"看过书的，关于美学的。"

"什么时候看的……"

"大概是在日本读书的时候……"

"买的书吗？"

"不一定是买的，也许是从什么地方抓到就看的……"

"看了有趣味吗？"

"随便看看……"

"周先生看这书做什么？"

"……"没有回答，好像很难以答。

许先生在旁说："周先生什么书都看的。"

在鲁迅先生家里做客人，刚开始是从法租界来到虹口，搭电车也要差不多一个钟头的工夫，所以那时候来的次数比较少。还记得有一次谈到半夜了，一过十二点电车就没有的，但那天不知讲了些什么，讲到一个段落就看看旁边小长桌上的圆钟，十一点半了，十一点四十五分了，电车没有了。

"反正已十二点，电车也没有，那么再坐一会。"许先生如此劝着。

鲁迅先生好像听了所讲的什么引起了幻想，安顿地举着象牙烟嘴在沉思着。

一点钟以后，送我（还有别的朋友）出来的是许先生，外边下着蒙蒙的小雨，弄堂里灯光全然灭掉了，鲁迅先生嘱咐许先生一定让坐小汽车回去，并且一定嘱咐许先生付钱。

以后也住到北四川路来，就每夜饭后必到大陆新村来了，刮风的天，下雨的天，几乎没有间断的时候。

鲁迅先生很喜欢北方饭，还喜欢吃油炸的东西，喜欢吃硬的东西，就是后来生病的时候，也不大吃牛奶。鸡汤端到旁边用调羹舀了一二下就算了事。

有一天约好我去包饺子吃，那还是住在法租界，所以带了外国酸菜和用绞肉机绞成的牛肉，就和许先生站在客厅后边的方桌边包起来。海婴公子围着闹得起劲，一会把按成圆饼的面拿去了，他说做了一只船来，送在我们的眼前，我们不看它，转身他又做了一只小鸡，许先生和我都不去看它，对他竭力避免加以赞美，若一赞美起来，怕他更做得起劲。

客厅后边没到黄昏就先黑了，背上感到些微微的寒凉，知道衣裳不够了，但为着忙，没有加衣裳去。等把饺子包完了看看那数目并不多，这才知道许先生我们谈话谈得太多，误了工作。许先生怎样离开家的，怎样到天津读书的，在女师大读书时怎样做了家庭教师。她去考家庭教师的那一段描写，非常有趣，只取一名，可是考了好几十名，她之能够当选算是难的了。指望对于学费有点补助，冬天来了，北平又冷，那家离学校又远，每月除了车子钱之外，若伤风感冒还得自己拿出买阿司匹林的钱来，每月薪金十元要从西城跑到东城……

饺子煮好，一上楼梯，就听到楼上明朗的鲁迅先生的笑声冲下楼梯来，原来有几个朋友在楼上也正谈得热闹。那一天吃得是很好的。

以后我们又做过韭菜合子，又做过荷叶饼，我一提议鲁迅先生必然赞成，而我做得又不好，可是鲁迅先生还是在桌上举着筷子问许先生："我再吃几个吗？"

因为鲁迅先生胃不大好，每饭后必吃"脾自美"药丸一二粒。

有一天下午鲁迅先生正在校对着瞿秋白的《海上述林》，我一走进卧室去，从那圆转椅上鲁迅先生转过来了，向着我，还微微站起了一点。

"好久不见，好久不见。"一边说着一边向我点头。

刚刚我不是来过了吗？怎么会好久不见？就是上午我来的那次周先生忘记了，可是我也每天来呀……怎么都忘记了吗？

周先生转身坐在躺椅上才自己笑起来，他是在开着玩笑。

梅雨季，很少有晴天，一天的上午刚一放晴，我高兴极了，就到鲁迅先生家去了，跑得上楼还喘着。鲁迅先生说："来啦！"我说："来啦！"

我喘着连茶也喝不下。

鲁迅先生就问我：

"有什么事吗？"

我说："天晴啦，太阳出来啦。"

许先生和鲁迅先生都笑着，一种对于冲破忧郁心境的崭然的会心的笑。

海婴一看到我非拉我到院子里和他一道玩不可，拉我的头发或拉我的衣裳。

为什么他不拉别人呢？据周先生说："他看你梳着辫子，和他差不多，别人在他眼里都是大人，就看你小。"

许先生问着海婴："你为什么喜欢她呢？不喜欢别人？"

"她有小辫子。"说着就来拉我的头发。

鲁迅先生家里生客人很少，几乎没有，尤其是住在他家里的人更没有。一个礼拜六的晚上，在二楼上鲁迅先生的卧室里摆好了晚饭，围着桌子坐满了人。每逢礼拜六晚上都是这样的，周建人先生带着全家来拜访的。在桌子边坐着一个很瘦的很高的穿着中国小背心的人，鲁迅先生介绍说："这是一位同乡，是商人。"

初看似乎对的，穿着中国裤子，头发剃得很短。当吃饭时，他还让别人酒，也给我倒一盅，态度很活泼，不大像个商人；等吃完了饭，又谈到《伪自由书》及《二心集》。这个商人，开明得很，在中国不常见。没有见过的，就总不大放心。

下一次是在楼下客厅后的方桌上吃晚饭，那天很晴，一阵阵地刮着热风，虽然黄昏了，客厅后还不昏黑。鲁迅先生是新剪的头发，还能记得桌上有一碗黄花鱼，大概是顺着鲁迅先生的口味，是用油煎的。鲁迅先生前面摆着一碗酒，酒碗是扁扁的，好像用作吃饭的饭碗。那位商人先生也能喝酒，酒瓶就站在他的旁边。他说蒙古人什么样，苗人什么样，从西藏经过时，那西藏女人见了男人追她，她就如何如何。

这商人可真怪，怎么专门走地方，而不做买卖？并且鲁迅先生的书他也全读过，一开口这个，一开口那个。并且海婴叫他×先生，我一听那×字就明白他是谁了。×先生常常回来得很迟，从鲁迅先生家里出来，在弄堂里遇到了几次。

有一天晚上×先生从三楼下来，手里提着小箱子，身上穿着长袍子，站在鲁迅先生的面前，他说他要搬了。他告了辞，许先生送他下楼去了。这时候周先生在地板上绕了两个圈子，问我说：

"你看他到底是商人吗？"

"是的。"我说。

鲁迅先生很有意思地在地板上走几步，而后向我说："他是贩卖私货的商人，是贩卖精神上的……"

×先生走过二万五千里回来的。

青年人写信，写得太草率，鲁迅先生是深恶痛绝之的。

"字不一定要写得好，但必须得使人一看了就认识，年青人现在都太忙了……他自己赶快胡乱写完了事，别人看了三遍五遍看不明白，这费了多少工夫，他不管。反正这费了工夫不是他的。这存心是不太好的。"

但他还是展读着每封由不同角落里投来的青年的信，眼睛不济时，便戴起眼镜来看，常常看到夜里很深的时光。

鲁迅先生坐在××电影院楼上的第一排，那片名忘记了，新闻片是苏联纪念五一节的红场。

"这个我怕看不到的……你们将来可以看得到。"鲁迅先生向我们周围的人说。

珂勒惠支的画，鲁迅先生最佩服，同时也很佩服她的做人。珂勒惠支受希特勒的压迫，不准她做教授，不准她画画，鲁迅先生常讲到她。

史沫特莱，鲁迅先生也讲到，她是美国女子，帮助印度独立运动，现在又在援助中国。

鲁迅先生介绍人去看的电影：《夏伯阳》《复仇艳遇》……其余的如《人猿泰山》……或者非洲的怪兽这一类的影片，也常介绍给人的。鲁迅先生说："电影没有什么好的，看看鸟兽之类倒可以增加些对于动物的知识。"

鲁迅先生不游公园，住在上海十年，兆丰公园没有进过，虹口公园这么近也没有进过。春天一到了，我常告诉周先生，我说公园里的土松软了，公园里的风多么柔和。周先生答应选个晴好的天气，选个礼拜日，海婴休假日，好一道去，坐一乘小汽车一直开到兆丰公园，也算是短途旅行。但这只是想着而未有做到，并且把公园给下了定义。鲁迅先生说："公园的样子我知道的……一进门分作两条路，一条通左边，一条通右边，沿着路种着点柳树什么树的，树下摆着几张长椅子，再远一点有个水池子。"

我是去过兆丰公园的，也去过虹口公园或是法国公园的，仿佛这个定义适用在任何国度的公园设计者。

鲁迅先生不戴手套，不围围巾，冬天穿着黑士蓝的棉布袍子，头上戴着灰色毡帽，脚穿黑帆布胶皮底鞋。

胶皮底鞋夏天特别热，冬天又凉又湿，鲁迅先生的身体不算好，大家都提议把这鞋子换掉。鲁迅先生不肯，他说胶皮底鞋子走路方便。

"周先生一天走多少路呢？也不就一转弯到××书店走一趟吗？"

鲁迅先生笑而不答。

"周先生不是很好伤风吗？不围巾子，风一吹不就伤风了吗？"

鲁迅先生这些个都不习惯，他说：

"从小就没戴过手套围巾，戴不惯。"

鲁迅先生一推开门从家里出来时，两只手露在外边，很宽的袖口冲着风就向前走，腋下夹着个黑绸子印花的包袱，里边包着书或者是信，到老靶子路书店去了。

那包袱每天出去必带出去，回来必带回来。出去时带着给青年们的信，回来又从书店带来新的信和青年请鲁迅先生看的稿子。

鲁迅先生抱着印花包袱从外边回来，还提着一把伞，一进门客厅里早坐着客人，把伞挂在衣架上就陪客人谈起话来。谈了很久了，伞上的水滴顺着伞杆在地板上已经聚了一堆水。

鲁迅先生上楼去拿香烟，抱着印花包袱，而那把伞也没有忘记，顺手也带到楼上去。

鲁迅先生的记忆力非常之强，他的东西从不随便散置在任何地方。

鲁迅先生很喜欢北方口味。许先生想请一个北方厨子，鲁迅先生以为开销太大，请不得的，男用人，至少要十五元钱的工钱。

所以买米买炭都是许先生下手。我问许先生为什么用两个女用人都是年老的，都是六七十岁的？许先生说她们做惯了，海婴的保姆，海婴几个月时就在这里。

正说着那矮胖胖的保姆走下楼梯来了，和我们打了个迎面。

"先生，没吃茶吗？"她赶快拿了杯子去倒茶，那刚刚下楼时气喘的声音还在喉管里咕噜咕噜的，她确实年老了。

来了客人，许先生没有不下厨房的，菜食很丰富，鱼，肉……都是用大碗装着，起码四五碗，多则七八碗。可是平常就只三碗菜：一碗素炒豌豆苗，一碗笋炒咸菜，再一碗黄花鱼。

这菜简单到极点。

鲁迅先生的原稿，在拉都路一家炸油条的那里用着包油条，我得到了一张，是译《死魂灵》的原稿，写信告诉了鲁迅先生。鲁迅先生不以为稀奇，许先生倒很生气。

鲁迅先生出书的校样，都用来揩桌，或做什么的。请客人在家里吃饭，吃到半道，鲁迅先生回身去拿来校样给大家分着。客人接到手里一看，这怎么可以？鲁迅先生说：

"擦一擦，拿着鸡吃，手是腻的。"

到洗澡间去，那边也摆着校样纸。

许先生从早晨忙到晚上，在楼下陪客人，一边还手里打着毛线。不然就是一边谈着话一边站起来用手摘掉花盆里花上已干枯了的叶子。许先生每送一个客人，都要送到楼下的门口，替客人把门开开，客人走出去而后轻轻地关了门再上楼来。

来了客人还到街上去买鱼或买鸡，买回来还要到厨房里去工作。

鲁迅先生临时要寄一封信，就得许先生换起皮鞋子来到邮局或者大陆新村旁边的信筒那里去。落着雨天，许先生就打起伞来。

许先生是忙的，许先生的笑是愉快的，但是头发有一些是白了的。

夜里去看电影，施高塔路的汽车房只有一辆车，鲁迅先生一定不坐，一定让我们坐。许先生，周建人夫人……海婴，周建人先生的三位女公子。我们上车了。

鲁迅先生和周建人先生，还有别的一二位朋友在后边。

看完了电影出来，又只叫到一部汽车，鲁迅先生又一定不肯坐，让周建人先生的全家坐着先走了。

鲁迅先生旁边走着海婴，过了苏州河的大桥去等电车去了。等了二三十分钟电车还没有来，鲁迅先生依着沿苏州河的铁栏杆坐在桥边的石围上了，并且拿出香烟来，装上烟嘴，悠然地吸着烟。

海婴不安地来回乱跑,鲁迅先生还招呼他和自己并排坐下。

鲁迅先生坐在那和一个乡下的安静老人一样。

鲁迅先生吃的是清茶,其余不吃别的饮料。咖啡、可可、牛奶、汽水之类,家里都不预备。

鲁迅先生陪客人到深夜,必同客人一道吃些点心。那饼干就是从铺子里买来的,装在饼干盒子里,到夜深许先生拿着碟子取出来,摆在鲁迅先生的书桌上。吃完了,许先生打开立柜再取一碟。还有向日葵子差不多每来客人必不可少。鲁迅先生一边抽着烟,一边剥着瓜子吃,吃完了一碟鲁迅先生必请许先生再拿一碟来。

鲁迅先生备有两种纸烟,一种价钱贵的,一种便宜的。便宜的是绿听子的,我不认识那是什么牌子,只记得烟头上带着黄纸的嘴,每五十支的价钱大概是四角到五角,是鲁迅先生自己平日用的。另一种是白听子的,是前门烟,用来招待客人的,白烟听放在鲁迅先生书桌的抽屉里。来客人鲁迅先生下楼,把它带到楼下去,客人走了,又带回楼上来照样放在抽屉里。而绿听子的永远放在书桌上,是鲁迅先生随时吸着的。

鲁迅先生的休息,不听留声机,不出去散步,也不倒在床上睡觉，鲁迅先生自己说：

"坐在椅子上翻一翻书就是休息了。"

鲁迅先生从下午二三点钟起就陪客人，陪到五点钟，陪到六点钟，客人若在家吃饭，吃完饭又必要在一起喝茶，或者刚刚吃完茶走了，或者还没走又来了客人，于是又陪下去，陪到八点钟，十点钟，常常陪到十二点钟。从下午三点钟起，陪到夜里十二点，这么长的时间，鲁迅先生都是坐在藤躺椅上，不断地吸着烟。

客人一走，已经是下半夜了，本来已经是睡觉的时候了，可是鲁迅先生正要开始工作。

在工作之前，他稍微阖一阖眼睛，燃起一支烟来，躺在床边上，这一支烟还没有吸完，许先生差不多就在床里边睡着了。（许先生为什么睡得这样快？因为第二天早晨六七点钟就要来管理家务。）海婴这时也在三楼和保姆一道睡着了。

全楼都寂静下去，窗外也是一点声音没有了，鲁迅先生站起来，坐到书桌边，在那绿色的台灯下开始写文章了。

许先生说鸡鸣的时候，鲁迅先生还是坐着，街上的汽车嘟嘟地叫起来了，鲁迅先生还是坐着。

有时许先生醒了，看着玻璃窗白萨萨的了，灯光也不显得怎么亮了，鲁迅先生的背影不像夜里那样高大。

鲁迅先生的背影是灰黑色的，仍旧坐在那里。

人家都起来了,鲁迅先生才睡下。

海婴从三楼下来了,背着书包,保姆送他到学校去,经过鲁迅先生的门前,保姆总是吩咐他说:

"轻一点走,轻一点走。"

鲁迅先生刚一睡下,太阳就高起来了,太阳照着隔院子的人家,明亮亮的,照着鲁迅先生花园的夹竹桃,明亮亮的。

鲁迅先生的书桌整整齐齐的,写好的文章压在书下边,毛笔在烧瓷的小龟背上站着。

一双拖鞋停在床下,鲁迅先生在枕头上边睡着了。

鲁迅先生喜欢吃一点酒,但是不多吃,吃半小碗或一碗。鲁迅先生吃的是中国酒,多半是花雕。

老靶子路有一家小吃茶店,只有门面一间,在门面里边设座,座少,安静,光线不充足,有些冷落。鲁迅先生常到这里吃茶店来,有约会多半是在这里边,老板是犹太也许是白俄,胖胖的,中国话大概他听不懂。

鲁迅先生这一位老人,穿着布袍子,有时到这里来,泡一壶红茶,和青年人坐在一道谈了一两个钟头。

有一天鲁迅先生的背后那茶座里边坐着一位摩登女子,身穿紫裙子黄衣裳,头戴花帽子……那女子临走时,鲁迅先生一看她，用眼瞪着她，很生气地看了她半天。而后说：

"是做什么的呢？"

鲁迅先生对于穿着紫裙子黄衣裳、花帽子的人就是这样看法的。

鬼到底是有的是没有的？传说上有人见过，还跟鬼说过话，还有人被鬼在后边追赶过，吊死鬼一见了人就贴在墙上。但没有一个人捉住一个鬼给大家看看。

鲁迅先生讲了他看见过鬼的故事给大家听：

"是在绍兴……"鲁迅先生说，"三十年前……"

那时鲁迅先生从日本读书回来，在一个师范学堂里也不知是什么学堂里教书，晚上没有事时，鲁迅先生总是到朋友家去谈天。这朋友住得离学堂几里路，几里路不算远，但必得经过一片坟地。谈天有的时候就谈得晚了，十一二点钟才回学堂的事也常有，有一天鲁迅先生就回去得很晚，天空有很大的月亮。

鲁迅先生向着归路走得很起劲时，往远处一看，远远有一个白影。

鲁迅先生不相信鬼的，在日本留学时是学的医，常常把死人抬来解剖的，鲁迅先生解剖过二十几个，不但不怕鬼，对死人也不怕，所以对坟地也就根本不怕。仍旧是向前走的。

走了不几步，那远处的白影没有了，再看突然又有了。并且时小时大，时高时低，正和鬼一样。鬼不就是变幻无常的吗？

鲁迅先生有点踌躇了，到底向前走呢？还是回过头来走？本来回学堂不止这一条路，这不过是最近的一条就是了。

鲁迅先生仍是向前走，到底要看一看鬼是什么样，虽然那时候也怕了。

鲁迅先生那时从日本回来不久，所以还穿着硬底皮鞋。鲁迅先生决心要给那鬼一个致命的打击。等走到那白影旁边时，那白影缩小了，蹲下了，一声不响地靠住了一个坟堆。

鲁迅先生就用了他的硬皮鞋踢了出去。

那白影噢的一声叫起来，随着就站起来，鲁迅先生定眼看去，他却是个人。

鲁迅先生说在他踢的时候，他是很害怕的，好像若一下不把那东西踢死，自己反而会遭殃的，所以用了全力踢出去。

原来是个盗墓子的人在坟场上半夜做着工作。

鲁迅先生说到这里就笑了起来。

"鬼也是怕踢的，踢他一脚就立刻变成人了。"

我想，倘若是鬼常常让鲁迅先生踢踢倒是好的，因为给了他一个做人的机会。

从福建菜馆叫的菜，有一碗鱼做的丸子。

海婴一吃就说不新鲜，许先生不信，别的人也都不信。因为那丸子有的新鲜,有的不新鲜,别人吃到嘴里的恰好都是没有改味的。

许先生又给海婴一个,海婴一吃,又是不好的,他又嚷嚷着。别人都不注意,鲁迅先生把海婴碟里的拿来尝尝,果然不是新鲜的。鲁迅先生说:

"他说不新鲜,一定也有他的道理,不加以查看就抹杀是不对的。"

....

以后我想起这件事来,私下和许先生谈过,许先生说:"周先生的做人,真是我们学不了的。哪怕一点点小事。"

鲁迅先生包一个纸包也要包得整整齐齐,常常把要寄出的书,鲁迅先生从许先生手里拿过来自己包。许先生本来包得多么好,而鲁迅先生还要亲自动手。

鲁迅先生把书包好了,用细绳捆上,那包方方正正的,连一个角也不准歪一点或扁一点,而后拿着剪刀,把捆书的那绳头都剪得整整齐齐。

就是这包书的纸都不是新的,都是从街上买东西回来留下来的。许先生上街回来把买来的东西一打开随手就把包东西的牛皮纸折起来,随手把小细绳卷了一个卷。若小细绳上有一个疙瘩,也要随手把它解开的。准备着随时用随时方便。

鲁迅先生住的是大陆新村九号。

一进弄堂口，满地铺着大方块的水门汀，院子里不怎样嘈杂，从这院子出入的有时候是外国人，也能够看到外国小孩在院子里零星地玩着。

鲁迅先生隔壁挂着一块大的牌子，上面写着一个"茶"字。

在一九三五年十月一日。

鲁迅先生的客厅里摆着长桌，长桌是黑色的，油漆不十分新鲜，但也并不破旧，桌上没有铺什么桌布，只在长桌的当心摆着一个绿豆青色的花瓶，花瓶里长着几株大叶子的万年青，围着长桌有七八张木椅子。尤其是在夜里，全弄堂一点什么声音也听不到。

那夜，就和鲁迅先生和许先生一道坐在长桌旁边喝茶的。当夜谈了许多关于伪满洲国的事情，从饭后谈起，一直谈到九点钟十点钟而后到十一点钟。时时想退出来，让鲁迅先生好早点休息，因为我看出来鲁迅先生身体不大好，又加上听许先生说过，鲁迅先生伤风了一个多月，刚好了的。

但鲁迅先生并没有疲倦的样子。虽然客厅里也摆着一张可以卧倒的藤椅，我们劝他几次想让他坐在藤椅上休息一下，但是他没有去，仍旧坐在椅子上。并且还上楼一次，去加穿了一件皮袍子。

那夜鲁迅先生到底讲了些什么,现在记不起来了。也许想起来的不是那夜讲的而是以后讲的也说不定。过了十一点,天就落雨了,雨点淅沥淅沥地打在玻璃窗上,窗子没有窗帘,所以偶一回头,就看到玻璃窗上有小水流往下流。夜已深了,并且落了雨,心里十分着急,几次站起来想要走,但是鲁迅先生和许先生一再说再坐一下:"十二点以前终归有车子可搭的。"所以一直坐到将近十二点,才穿起雨衣来,打开客厅外边的响着的铁门,鲁迅先生非要送到铁门外不可。我想为什么他一定要送呢?对于这样年轻的客人,这样的送是应该的吗?雨不会打湿了头发,受了寒伤风不又要继续下去吗?站在铁门外边,鲁迅先生说,并且指着隔壁那家写着"茶"字的大牌子:"下次来记住这个'茶'字,就是这个'茶'的隔壁。"而且伸出手去,几乎是触到了钉在锁门旁边的那个九号的"九"字,"下次来记住'茶'的旁边九号。"

于是脚踏着方块的水门汀,走出弄堂来,回过身去往院子里边看了一看,鲁迅先生那一排房子统统是黑洞洞的,若不是告诉得那样清楚,下次来恐怕要记不住的。

鲁迅先生的卧室,一张铁架大床,床顶上遮着许先生亲手做的白布刺花的围子,顺着床的一边折着两床被子,都是很厚的,是花洋布的被面。挨着门口的床头的方面站着抽屉柜。一进门的左手摆着八仙桌，桌子的两旁藤椅各一，立柜站在和方桌一排的墙角，立柜本是挂衣服的，衣裳却很少，都让糖盒子、饼干桶子、瓜子罐给塞满了。有一次××老板的太太来拿版权的图章花，鲁迅先生就从立柜下边大抽屉里取出的。沿着墙角往窗子那边走，有一张装饰台，台子上有一个方形的满浮着绿草的玻璃养鱼池，里边游着的不是金鱼而是灰色的扁肚子的小鱼。除了鱼池之外另有一只圆的表，其余那上边满装着书。铁架床靠窗子的那头的书柜里书柜外都是书。最后是鲁迅先生的写字台，那上边也都是书。

鲁迅先生家里，从楼上到楼下，没有一个沙发。鲁迅先生工作时坐的椅子是硬的，休息时的藤椅是硬的，到楼下陪客人时坐的椅子又是硬的。

鲁迅先生的写字台面向着窗子，上海弄堂房子的窗子差不多满面墙那么大，鲁迅先生把它关起来，因为鲁迅先生工作起来有一个习惯，怕吹风，风一吹，纸就动，时时防备着纸跑，文章就写不好。所以屋子里热得和蒸笼似的，请鲁迅先生到楼下去，他又不肯，鲁迅先生的习惯是不换地方。有时太阳照进来，许先生劝他把书桌移开一点都不肯。只有满身流汗。

鲁迅先生的写字桌，铺了张蓝格子的油漆布，四角都用图钉按着。桌子上有小砚台一方，墨一块，毛笔站在笔架上。笔架是烧瓷的，在我看来不很细致，是一个龟，龟背上带着好几个洞，笔就插在那洞里。鲁迅先生多半是用毛笔的，钢笔也不是没有，是放在抽屉里。桌上有一个方大的白瓷的烟灰盒，还有一个茶杯，杯子上戴着盖。

鲁迅先生的习惯与别人不同，写文章用的材料和来信都压在桌子上，把桌子都压得满满的，几乎只有写字的地方可以伸开手，其余桌子的一半被书或纸张占有着。

左手边的桌角上有一个带绿灯罩的台灯，那灯泡是横着装的，在上海那是极普通的台灯。

冬天在楼上吃饭，鲁迅先生自己拉着电线把台灯的机关从棚顶的灯头上拔下，而后装上灯泡子。等饭吃过了，许先生再把电线装起来，鲁迅先生的台灯就是这样做成的，拖着一根长长的电线在棚顶上。

鲁迅先生的文章，多半是在这台灯下写。因为鲁迅先生的工作时间，多半是下半夜一两点起，天将明了休息。

卧室就是如此，墙上挂着海婴公子一个月时婴孩的油画像。

挨着卧室的后楼里边，完全是书了，不十分整齐，报纸和杂志或洋装的书，都混在这间屋子里，一走进去多少还有些纸张气味。地板被书遮盖得太小了，几乎没有了，大网篮也堆在书中。墙上拉着一条绳子或者是铁丝，就在那上边系了小提盒、铁丝笼之类。风干荸荠就盛在铁丝笼，扯着的那铁丝几乎被压断了在弯弯着。一推开藏书室的窗子,窗子外边还挂着一筐风干荸荠。

"吃吧,多得很,风干的,格外甜。"许先生说。

楼下厨房传来了煎菜的锅铲的响声,并且两个年老的娘姨慢重重地在讲一些什么。

厨房是家庭最热闹的一部分。整个三层楼都是静静的,喊娘姨的声音没有,在楼梯上跑来跑去的声音没有。鲁迅先生家里五六间房子只住着五个人,三位是先生的全家,余下的二位是年老的女用人。

来了客人都是许先生亲自倒茶,即或是麻烦到娘姨时,也是许先生下楼去吩咐,绝没有站到楼梯口就大声呼唤的时候。所以整个房子都在静悄悄之中。

只有厨房比较热闹了一点,自来水哗哗地流着,洋瓷盆在水门汀的水池子上每拖一下磨着嚓嚓地响,洗米的声音也是嚓嚓的。鲁迅先生很喜欢吃竹笋的,在菜板上切着笋片笋丝时,刀刃每划下去都是很响的。其实比起别人家的厨房来却冷清极了,所以洗米声和切笋声都分开来听得样样清清晰晰。

客厅的一边摆着并排的两个书架,书架是带玻璃橱的,里面有朵斯托益夫斯基的全集和别的外国作家的全集,大半都是日文译本。地板上没有地毯,但擦得非常干净。

海婴公子的玩具橱也站在客厅里,里边是些毛猴子,橡皮人,火车汽车之类,里边装得满满的,别人是数不清的,只有海婴自己伸手到里边找什么就有什么。过新年时在街上买的兔子灯,纸毛上已经落了灰尘了,仍摆在玩具橱顶上。

客厅只有一个灯头,大概五十烛光。客厅的后门对着上楼的楼梯,前门一打开有一个一方丈大小的花园,花园里没有什么花看,只有一株很高的七八尺高的小树,大概那树是柳桃,一到了春天,容易生长蚜虫,忙得许先生拿着喷蚊虫的机器,一边陪着谈话,一边喷着杀虫药水。沿着墙根,种了一排玉米,许先生说:"这玉米长不大的,这土是没有养料的,海婴一定要种。"

春天,海婴在花园里掘着泥沙,培植着各种玩意。

三楼则特别静了,向着太阳开着两扇玻璃门,门外有一个水门汀的突出的小廊子,春天很温暖地抚摸着门口长垂着的帘子,有时候帘子被风打得很高,飘扬的饱满得和大鱼泡似的。那时候隔院的绿树照进玻璃门扇里边来了。

海婴坐在地板上装着小工程师在修着一座楼房,他那楼房是用椅子横倒了架起来修的,而后遮起一张被单来算作屋瓦,全个房子在他自己拍着手的赞誉声中完成了。

这间屋感到些空旷和寂寞,既不像女工住的屋子,又不像儿童室。海婴的眠床靠着屋子的一边放着,那大圆顶帐子日里也不打起来,长拖拖的好像从棚顶一直垂到地板上,那床是非常讲究的，属于刻花的木器一类的。许先生讲过，租这房子时，从前一个房客转留下来的。海婴和他的保姆，就睡在五六尺宽的大床上。

冬天烧过的火炉，三月里还冷冰冰地在地板上站着。

海婴不大在三楼上玩的，除了到学校去，就是在院里踏脚踏车，他非常欢喜跑跳，所以厨房，客厅，二楼，他是无处不跑的。

三楼整天在高处空着，三楼的后楼住着另一个老女工，一天很少上楼来，所以楼梯擦过之后，一天到晚干净得溜明。

一九三六年三月里鲁迅先生病了，靠在二楼的躺椅上，心脏跳动得比平日厉害，脸色略微灰了一点。

许先生正相反的，脸色是红的，眼睛显得大了，讲话的声音是平静的，态度并没有比平日慌张。在楼下，一走进客厅来许先生就告诉说：

"周先生病了，气喘……喘得厉害，在楼上靠在躺椅上。"

鲁迅先生呼喘的声音，不用走到他的旁边，一进了卧室就听得到的。鼻子和胡须在扇着，胸部一起一落。眼睛闭着，差不多永久不离开手的纸烟，也放弃了。藤躺椅后边靠着枕头，鲁迅先生的头有些向后，两只手空闲地垂着。眉头仍和平日一样没有聚皱，脸上是平静的，舒展的，似乎并没有任何痛苦加在身上。

"来了吧?"鲁迅先生睁一睁眼睛,"不小心,着了凉呼吸困难……到藏书的房子去翻一翻书……那房子因为没有人住,特别凉……回来就……"

许先生看周先生说话吃力,赶紧接着说周先生是怎样气喘的。

医生看过了,吃了药,但喘并未停。下午医生又来过,刚刚走。

卧室在黄昏里边一点一点地暗下去,外边起了一点小风,隔院的树被风摇着发响。别人家的窗子有的被风打着发出自动关开的响声,家家的流水道都是哗啦哗啦地响着水声,一定是晚餐之后洗着杯盘的剩水。晚餐后该散步的散步去了,该会朋友的会友去了,弄堂里来去地稀疏不断地走着人,而娘姨们还没有解掉围裙呢,就依着后门彼此搭讪起来。小孩子们三五一伙前门后门地跑着,弄堂外汽车穿来穿去。

鲁迅先生坐在躺椅上,沉静地,不动地阖着眼睛,略微灰了的脸色被炉里的火光染红了一点。纸烟听子蹲在书桌上,盖着盖子,茶杯也蹲在桌子上。

许先生轻轻地在楼梯上走着,许先生一到楼下去,二楼就只剩了鲁迅先生一个人坐在椅子上,呼喘把鲁迅先生的胸部有规律性地抬得高高的。

"鲁迅先生必得休息的。"须藤医生这样说的。可是鲁迅先生从此不但没有休息,并且脑子里所想的更多了,要做的事情都像非立刻就做不可,校《海上述林》的校样,印珂勒惠支的画,翻译《死魂灵》下部,刚好了,这些就都一起开始了,还计算着出三十年集(即《鲁迅全集》)。

鲁迅先生感到自己的身体不好,就更没有时间注意身体,所以要多做,赶快做。当时大家不解其中的意思,都对鲁迅先生不加以休息不以为然,后来读了鲁迅先生《死》的那篇文章才了然了。

鲁迅先生知道自己的健康不成了,工作的时间没有几年了,死了是不要紧的,只要留给人类更多,鲁迅先生就是这样。

不久书桌上德文字典和日文字典都摆起来了,果戈理的《死魂灵》,又开始翻译了。

鲁迅先生的身体不大好,容易伤风,伤风之后,照常要陪客人,回信,校稿子。所以伤风之后总要拖下去一个月或半个月的。

瞿秋白的《海上述林》校样,一九三五年冬,一九三六年的春天,鲁迅先生不断地校着,几十万字的校样,要看三遍,而印刷所送校样来总是十页八页的,并不是统统一道地送来,所以鲁迅先生不断地被这校样催索着,鲁迅先生竟说:

"看吧,一边陪着你们谈话,一边看校样的,眼睛可以看,

197

耳朵可以听……"

有时客人来了，一边说着笑话，鲁迅先生一边放下了笔。有的时候也说："几个字了……请坐一坐……"

一九三五年冬天许先生说：

"周先生的身体是不如从前了。"

有一次鲁迅先生到饭馆里去请客，来的时候兴致很好，还记得那次吃了一只烤鸭子，整个的鸭子用大钢叉子叉上来时，大家看这鸭子烤得又油又亮的，鲁迅先生也笑了。

菜刚上满了，鲁迅先生就到竹躺椅上吸一支烟，并且阖一阖眼睛。一吃完了饭，有的喝了酒的，大家都闹乱了起来，彼此抢着苹果，彼此讽刺着玩，说着一些刺人可笑的话。而鲁迅先生这时候，坐在躺椅上，阖着眼睛，很庄严地在沉默着，让拿在手上纸烟的烟丝，袅袅地上升着。

别人以为鲁迅先生也是喝多了酒吧！

许先生说，并不的。

"周先生的身体是不如从前了，吃过了饭总要闭一闭眼睛稍微休息一下，从前一向没有这习惯。"

周先生从椅子上站起来了，大概说他喝多了酒的话让他听到了。

"我不多喝酒的，小的时候，母亲常提到父亲喝了酒，脾气怎样坏，母亲说，长大了不要喝酒，不要像父亲那样子……所以我不多喝的……从来没喝醉过……"

鲁迅先生休息好了，换了一支烟，站起来也去拿苹果吃，可是苹果没有了。鲁迅先生说：

"我争不过你们了，苹果让你们抢没了。"

有人抢到手的还在保存着的苹果，奉献出来，鲁迅先生没有吃，只在吸烟。

一九三六年春，鲁迅先生的身体不大好，但没有什么病，吃过了晚饭，坐在躺椅上，总要闭一闭眼睛沉静一会。

许先生对我说，周先生在北平时，有时开着玩笑，手按着桌子一跃就能够跃过去，而近年来没有这么做过。大概没有以前那么灵便了。

这话许先生和我是私下讲的，鲁迅先生没有听见，仍靠在躺椅上沉默着呢。

许先生开了火炉的门，装着煤炭哗哗地响，把鲁迅先生震醒了。一讲起话来鲁迅先生的精神又照常一样。

鲁迅先生睡在二楼的床上已经一个多月了，气喘虽然停止，但每天发热，尤其是下午热度总在三十八度三十九度之间，有时也到三十九度多，那时鲁迅先生的脸色是微红的，目力是疲弱的，不吃东西，不大多睡，没有一些呻吟，似乎全身都没有什么

199

痛楚的地方。躺在床上的时候张开眼睛看看，有的时候似睡非睡地安静地躺着，茶吃得很少。差不多一刻也不停地吸烟，而今几乎完全放弃了，纸烟听子不放在床边，而仍很远地蹲在书桌上，若想吸一支，是请许先生付给的。

许先生从鲁迅先生病起，更过度地忙了。按着时间给鲁迅先生吃药，按着时间给鲁迅先生试温度表，试过了之后还要把一张医生发给的表格填好，那表格是一张硬纸，上面画了无数根线，许先生就在这张纸上拿着米度尺画着度数，那表画得和尖尖的小山丘似的，又像尖尖的水晶石，高的低的一排连地站着。许先生虽然每天画，但那像是一条接连不断的线，不过从低处到高处，从高处到低处，这高峰越高越不好，也就是鲁迅先生的热度越高了。

来看鲁迅先生的人，多半都不到楼上来了，为的是请鲁迅先生好好地静养，所以把客人这些事也推到许先生身上来了。还有书、报、信，都要许先生看过，必要的就告诉鲁迅先生，不十分必要的，就先把它放在一处放一放，等鲁迅先生好些了再取出来交给他。然而这家庭里边还有许多琐事，比方年老的娘姨病了，要请两天假；海婴的牙齿脱掉一个要到牙医那里去看过，但是带他去的人没有，又得许先生。海婴在幼稚园里读书，又是买铅笔，买皮球，还有临时出些个花头，跑上楼来了，说要吃什么花生糖，什么牛奶糖，他上楼来是一边跑着一边喊着，许先生连忙

拉住了他,拉他下了楼才跟他讲:

"爸爸病啦。"而后拿出钱来,嘱咐好了娘姨,只买几块糖而不准让他格外地多买。

收电灯费的来了,在楼下一打门,许先生就得赶快往楼下跑,怕的是再多打几下,就要惊醒了鲁迅先生。

海婴最喜欢听讲故事,这也是无限的麻烦,许先生除了陪海婴讲故事之外,还要在长桌上偷一点工夫来看鲁迅先生为着病耽搁下来的尚未校完的校样。

在这期间,许先生比鲁迅先生更要担当一切了。

鲁迅先生吃饭,是在楼上单开一桌,那仅仅是一个方木盘,许先生每餐亲手端到楼上去,那黑油漆的方木盘中摆着三四样小菜,每样都用小吃碟盛着,那小吃碟直径不过二寸,一碟豌豆苗或菠菜或苋菜,把黄花鱼或者鸡之类也放在小碟里端上楼去。若是鸡,那鸡也是全鸡身上最好的一块地方拣下来的肉;若是鱼,也是鱼身上最好一部分,许先生才把它拣下放在小碟里。

许先生用筷子来回地翻着楼下的饭桌上菜碗里的东西,菜拣嫩的,不要茎,只要叶,鱼肉之类,拣烧得软的,没有骨头没有刺的。

心里存着无限的期望,无限的要求,用了比祈祷更虔诚的目光,许先生看着她自己手里选得精精致致的菜盘子,而后脚板触

201

了楼梯上了楼。

希望鲁迅先生多吃一口，多动一动筷，多喝一口鸡汤。鸡汤和牛奶是医生所嘱的，一定要多吃一些的。

把饭送上去，有时许先生陪在旁边，有时走下楼来又做些别的事，半个钟头之后，到楼上去取这盘子。这盘子装得满满的，有时竟照原样一动也没有动又端下来了，这时候许先生的眉头微微地皱了一点。旁边若有什么朋友，许先生就说："周先生的热度高，什么也吃不落，连茶也不愿意吃，人很苦，人很吃力。"

有一天许先生用波浪式的专门切面包的刀切着面包，是在客厅后边方桌上切的，许先生一边切着一边对我说：

"劝周先生多吃东西，周先生说，人好了再保养，现在勉强吃也是没有用的。"

许先生接着似乎问着我：

"这也是对的？"

而后把牛奶面包送上楼去了。一碗烧好的鸡汤，从方盘里许先生把它端出来了，就摆在客厅后的方桌上。许先生上楼去了，那碗热的鸡汤在桌子上自己悠然地冒着热气。

许先生由楼上回来还说呢：

"周先生平常就不喜欢吃汤之类，在病里，更勉强不下了。"

那已经送上去的牛奶又带下来了。

许先生似乎安慰着自己似的。

"周先生人强,喜欢吃硬的,油炸的,就是吃饭也喜欢吃硬饭……"

许先生楼上楼下地跑,呼吸有些不平静,坐在她旁边,似乎可以听到她心脏的跳动。

鲁迅先生开始独桌吃饭以后,客人多半不上楼来了,经许先生婉言把鲁迅先生健康的经过报告了之后就走了。

鲁迅先生在楼上一天一天地睡下去,睡了许多日子,都寂寞了,有时大概热度低了点就问许先生:

"什么人来过吗?"

看鲁迅先生好些,就一一地报告过。

有时也问到有什么刊物来吗。

鲁迅先生病了一个多月了。

证明了鲁迅先生是肺病,并且是肋膜炎,须藤老医生每天来了,为鲁迅先生把肋膜积水用打针的方法抽净,共抽过两三次。

这样的病,为什么鲁迅先生一点也不晓得呢?许先生说,周先生有时常觉得肋痛了就自己忍着不说,所以连许先生也不知道,鲁迅先生怕别人晓得了又要不放心,又要看医生,医生一定又要说休息。鲁迅先生自己知道做不到的。

福民医院美国医生的检查,说鲁迅先生肺病已经二十年了。

这次发了怕是很严重。

医生规定个日子，请鲁迅先生到福民医院去详细检查，要照X光的。

但鲁迅先生当时就下楼是下不得的，又过了许多天，鲁迅先生到福民医院去检查病去了。照X光后给鲁迅先生照了一个全部的肺部的照片。

这照片取来的那天许先生在楼下给大家看了，右肺的上尖角是黑的，中部也黑了一块，左肺的下半部都不大好，而沿着左肺的边边黑了一大圈。

这之后，鲁迅先生的热度仍高，若再这样热度不退，就很难抵抗了。

那查病的美国医生，只查病，而不给药吃，他相信药是没有用的。

须藤老医生，鲁迅先生早就认识，所以每天来，他给鲁迅先生吃了些退热药，还吃停止肺部病菌活动的药。他说若肺不再坏下去，就停止在这里，热自然就退了，人是不危险的。

在楼下的客厅里，许先生哭了。许先生手里拿着一团毛线，那是海婴的毛线衣拆了洗过之后又团起来的。

鲁迅先生在无欲望状态中，什么也不吃，什么也不想，睡觉似睡非睡的。

天气热起来了，客厅的门窗都打开着，阳光跳跃在门外的花园里。麻雀来了停在夹竹桃上叫了三两声就飞去，院子里的小孩子们唧唧喳喳地玩耍着，风吹进来好像带着热气，扑到人的身上，天气刚刚发芽的春天，变为夏天了。

楼上老医生和鲁迅先生谈话的声音隐约可以听到。

楼下又来客人，来的人总要问：

"周先生好一点吗？"

许先生照常说："还是那样子。"

但今天说了眼泪就又流了满脸。一边拿起杯子来给客人倒茶，一边用左手拿着手帕按着鼻子。

客人问：

"周先生又不大好吗？"

许先生说：

"没有的，是我心窄。"

过了一会鲁迅先生要找什么东西，喊许先生上楼去，许先生连忙擦着眼睛，想说她不上楼的，但左右看了一看，没有人能替代了她，于是带着她那团还没有缠完的毛线球上楼去了。

楼上坐着老医生，还有两位探望鲁迅先生的客人。许先生一看了他们就自己低了头不好意思地笑了，她不敢到鲁迅先生的面前去，背转着身问鲁迅先生要什么呢，而后又是慌忙地把毛线缕挂在手上缠了起来。

一直到送老医生下楼,许先生都是把背向鲁迅先生而站着的。

每次老医生走,许先生都是替老医生提着皮提包送到前门外的。许先生愉快地、沉静地带着笑容打开铁门闩,很恭敬地把皮包交给老医生,眼看着老医生走了才进来关了门。

这老医生出入在鲁迅先生的家里,连老娘姨对他都是尊敬的,医生从楼上下来时,娘姨若在楼梯的半道,赶快下来躲开,站到楼梯的旁边。有一天老娘姨端着一个杯子上楼,楼上医生和许先生一道下来了,那老娘姨躲闪不灵,急得把杯里的茶都颠出来了。等医生走过去,已经走出了前门,老娘姨还在那里呆呆地望着。

"周先生好了点吧?"

有一天许先生不在家,我问着老娘姨。她说:

"谁晓得,医生天天看过了不声不响地就走了。"

可见老娘姨对医生每天是怀着期望的眼光看着他的。

许先生很镇静,没有紊乱的神色,虽然说那天当着人哭过一次,但该做什么,仍是做什么,毛线该洗的已经洗了,晒的已经晒起,晒干了的随手就把它团起团子。

"海婴的毛线衣,每年拆一次,洗过之后再重打起,人一年一年地长,衣裳一年穿过,一年就小了。"

在楼下陪着熟的客人,一边谈着,一边开始手里动着竹针。

这种事情许先生是偷空就做的，夏天就开始预备着冬天的，冬天就做夏天的。

许先生自己常常说：

"我是无事忙。"

这话很客气，但忙是真的，每一餐饭，都好像没有安静地吃过。海婴一会要这个，要那个；若一有客人，上街临时买菜，下厨房煎炒还不说，就是摆到桌子上来，还要从菜碗里为着客人选好的夹过去。饭后又是吃水果，若吃苹果还要把皮削掉，若吃荸荠看客人削得慢而不好也要削了送给客人吃，那时鲁迅先生还没有生病。

许先生除了打毛线衣之外，还用机器缝衣裳，剪裁了许多件海婴的内衫裤在窗下缝。

因此许先生对自己忽略了，每天上下楼跑着，所穿的衣裳都是旧的，次数洗得太多，纽扣都洗脱了，也磨破了，都是几年前的旧衣裳，春天时许先生穿了一件紫红宁绸袍子，那料子是海婴在婴孩时候别人送给海婴做被子的礼物。做被子，许先生说很可惜，就拣起来做一件袍子。正说着，海婴来了，许先生使眼神，且不要提到，若提到海婴又要麻烦起来了，一定要说是他的，他就要要。

许先生冬天穿一双大棉鞋，是她自己做的。一直到二三月早晚冷时还穿着。

有一次我和许先生在小花园里一道拍一张照片,许先生说她的纽扣掉了,还拉着我站在她前边遮着她。

许先生买东西也总是到便宜的店铺去买,再不然,到减价的地方去买。

处处俭省,把俭省下来的钱,都印了书和印了画。

现在许先生在窗下缝着衣裳,机器声格哒格哒的,震着玻璃门有些颤抖。

窗外的黄昏,窗内许先生低着的头,楼上鲁迅先生的咳嗽声,都搅混在一起了,重续着、埋藏着力量。在痛苦中,在悲哀中,一种对于生的强烈的愿望站得和强烈的火焰那样坚定。

许先生的手指把捉了在缝的那张布片,头有时随着机器的力量低沉了一两下。

许先生的面容是宁静的、庄严的、没有恐惧的,她坦荡地在使用着机器。

海婴在玩着一大堆黄色的小药瓶,用一个纸盒子盛着,端起来楼上楼下地跑。向着阳光照是金色的,平放着是咖啡色的,他招集了小朋友来,他向他们展览,向他们夸耀,这种玩意只有他有而别人不能有。他说:

"这是爸爸打药针的药瓶,你们有吗?"

别人不能有,于是他拍着手骄傲地呼叫起来。

许先生一边招呼着他,不叫他喊,一边下楼来了。

"周先生好了些？"

见了许先生大家都是这样问的。

"还是那样子，"许先生说，随手抓起一个海婴的药瓶来，"这不是么，这许多瓶子，每天打一针，药瓶子也积了一大堆。"

许先生一拿起那药瓶，海婴上来就要过去，很宝贵地赶快把那小瓶摆到纸盒里。

在长桌上摆着许先生自己亲手做的蒙着茶壶的棉罩子，从那蓝缎子的花罩子下拿着茶壶倒着茶。

楼上楼下都是静的了，只有海婴快活地和小朋友们的吵嚷躲在太阳里跳荡。

海婴每晚临睡时必向爸爸妈妈说："明朝会！"

有一天他站在走上三楼去的楼梯口上喊着：

"爸爸，明朝会！"

鲁迅先生那时正病得沉重，喉咙里边似乎有痰，那回答的声音很小，海婴没有听到，于是他又喊：

"爸爸，明朝会！"他等一等，听不到回答的声音，他就大声地连串地喊起来：

"爸爸，明朝会，爸爸，明朝会……爸爸，明朝会……"

他的保姆在前边往楼上拖他，说是爸爸睡下了，不要喊了。可是他怎么能够听呢，仍旧喊。

这时鲁迅先生说"明朝会"还没有说出来,喉咙里边就像有东西在那里堵塞着,声音无论如何放不大。到后来,鲁迅先生挣扎着把头抬起来才很大声地说出:

"明朝会,明朝会。"

说完了就咳嗽起来。

许先生被惊动得从楼下跑来了,不住地训斥着海婴。

海婴一边哭着一边上楼去了,嘴里唠叨着:

"爸爸是个聋人哪!"

鲁迅先生没有听到海婴的话,还在那里咳嗽着。

鲁迅先生在四月里,曾经好了一点,有一天下楼去赴一个约会,把衣裳穿得整整齐齐,手下夹着黑花布包袱,戴起帽子来,出门就走。

许先生在楼下正陪客人,看鲁迅先生下来了,赶快说:

"走不得吧,还是坐车子去吧。"

鲁迅先生说:"不要紧,走得动的。"

许先生再加以劝说,又去拿零钱给鲁迅先生带着。

鲁迅先生说不要不要,坚决地走了。

"鲁迅先生的脾气很刚强。"

许先生无可奈何的,只说了这一句。

鲁迅先生晚上回来,热度增高了。

鲁迅先生说：

"坐车子实在麻烦，没有几步路，一走就到。还有，好久不出去，愿意走走……动一动就出毛病……还是动不得……"

病压服着鲁迅先生又躺下了。

七月里，鲁迅先生又好些。

药每天吃，记温度的表格照例每天好几次在那里画，老医生还是照常地来，说鲁迅先生就要好起来了。说肺部的菌已经停止了一大半，肋膜也好了。

客人来差不多都要到楼上来拜望拜望。鲁迅先生带着久病初愈的心情，又谈起话来，披了一张毛巾子坐在躺椅上，纸烟又拿在手里了，又谈翻译，又谈某刊物。

一个月没有上楼去，忽然上楼还有些心不安，我一进卧室的门，觉得站也没地方站，坐也不知坐在哪里。

许先生让我吃茶，我就依着桌子边站着。好像没有看见那茶杯似的。

鲁迅先生大概看出我的不安来了，便说：

"人瘦了，这样瘦是不成的，要多吃点。"

鲁迅先生又在说玩笑话了。

"多吃就胖了，那么周先生为什么不多吃点？"

鲁迅先生听了这话就笑了，笑声是明朗的。

从七月以后鲁迅先生一天天地好起来了，牛奶，鸡汤之类，为了医生所嘱也隔三差五地吃着,人虽是瘦了,但精神是好的。

鲁迅先生说自己的体质是好的,若差一点的,就让病打倒了。

这一次鲁迅先生保持了很长时间,没有下楼更没有到外边去过。

在病中,鲁迅先生不看报,不看书,只是安静地躺着。但有一张小画是鲁迅先生放在床边上不断看着的。

那张画,鲁迅先生未生病时,和许多画一道拿给大家看过的,小得和纸烟包里抽出来的那画片差不多。那上边画着一个穿大长裙子飞散着头发的女人在大风里边跑,在她旁边的地面上还有小小的红玫瑰花的花朵。

记得是一张苏联某画家着色的木刻。

鲁迅先生有很多画,为什么只选了这张放在枕边?

许先生告诉我的,她也不知道鲁迅先生为什么常常看这小画。

有人来问他这样那样的,他说:

"你们自己学着做,若没有我呢!"

这一次鲁迅先生好了。

还有一样不同的,觉得做事要多做……

鲁迅先生以为自己好了，别人也以为鲁迅先生好了。

准备冬天要庆祝鲁迅先生工作三十年。

又过了三个月。

一九三六年十月十七日，鲁迅先生病又发了，又是气喘。

十七日，一夜未眠。

十八日，终日喘着。

十九日的下半夜，人衰弱到极点了。天将发白时，鲁迅先生就像他平日一样，工作完了，他休息了。

1939年10月

阿长与《山海经》

——鲁迅

长妈妈,已经说过,是一个一向带领着我的女工,说得阔气一点,就是我的保姆。我的母亲和许多别的人都这样称呼她,似乎略带些客气的意思。只有祖母叫她阿长。我平时叫她"阿妈",连"长"字也不带;但到憎恶她的时候,——例如知道了谋死我那隐鼠的却是她的时候,就叫她阿长。

我们那里没有姓长的;她生得黄胖而矮,"长"也不是形容词。又不是她的名字,记得她自己说过,她的名字是叫作什么姑娘。什么姑娘,我现在已经忘却了,总之不是长姑娘;也终于不知道她姓什么。记得她也曾告诉过我这个名称的来历:先前的先前,我家有一个女工,身材生得很高大,这就是真阿长。后来她回去了,我那什么姑娘才来补她的缺,然而大家因为叫惯了,没有再改口，于是她从此也就成为长妈妈了。

虽然背地里说人长短不是好事情，但倘使要我说句真心话，我可只得说：我实在不大佩服她。最讨厌的是常喜欢切切察察，向人们低声絮说些什么事。还竖起第二个手指，在空中上下摇动，或者点着对手或自己的鼻尖。我的家里一有些小风波，不知怎的我总疑心和这"切切察察"有些关系。又不许我走动，拔一株草，翻一块石头，就说我顽皮，要告诉我的母亲去了。一到夏天，睡觉时她又伸开两脚两手，在床中间摆成一个"大"字，挤得我没有余地翻身，久睡在一角的席子上，又已经烤得那么热。推她呢，不动；叫她呢，也不闻。

"长妈妈生得那么胖，一定很怕热罢？晚上的睡相，怕不见得很好罢？……"

母亲听到我多回诉苦之后，曾经这样地问过她。我也知道这意思是要她多给我一些空席。她不开口。但到夜里，我热得醒来的时候，却仍然看见满床摆着一个"大"字，一条臂膊还搁在我的颈子上。我想，这实在是无法可想了。

但是她懂得许多规矩；这些规矩，也大概是我所不耐烦的。一年中最高兴的时节，自然要数除夕了。辞岁之后，从长辈得到压岁钱，红纸包着，放在枕边，只要过一宵，便可以随意使用。睡在枕上，看着红包，想到明天买来的小鼓、刀枪、泥人、糖菩萨……然而她进来，又将一个福橘放在床头了。

"哥儿，你牢牢记住！"她极其郑重地说，"明天是正月初一，清早一睁开眼睛，第一句话就得对我说：'阿妈，恭喜恭喜！'记得么？你要记着，这是一年的运气的事情。不许说别的话！说过之后，还得吃一点福橘。"她又拿起那橘子来在我的眼前摇了两摇，"那么，一年到头，顺顺溜溜……"

梦里也记得元旦的，第二天醒得特别早，一醒，就要坐起来。她却立刻伸出臂膊，一把将我按住。我惊异地看她时，只见她惶急地看着我。

她又有所要求似的，摇着我的肩。我忽而记得了——

"阿妈，恭喜……"

"恭喜恭喜！大家恭喜！真聪明！恭喜恭喜！"她于是十分喜欢似的，笑将起来，同时将一点冰冷的东西，塞在我的嘴里。我大吃一惊之后，也就忽而记得，这就是所谓福橘，元旦辟头的磨难，总算已经受完，可以下床玩耍去了。

她教给我的道理还很多，例如说人死了，不该说死掉，必须说"老掉了"；死了人，生了孩子的屋子里，不应该走进去；饭粒落在地上，必须拣起来，最好是吃下去；晒裤子用的竹竿底下，是万不可钻过去的……此外，现在大抵忘却了，只有元旦的古怪仪式记得最清楚。总之，都是些烦琐之至，至今想起来还觉得非常麻烦的事情。

然而我有一时也对她发生过空前的敬意。她常常对我讲"长毛"。她之所谓"长毛"者,不但洪秀全军,似乎连后来一切土匪强盗都在内,但除却革命党,因为那时还没有。她说的长毛非常可怕,他们的话就听不懂。她说先前长毛进城的时候,我家全都逃到海边去了,只留一个门房和年老的煮饭老妈子看家。后来长毛果然进门来了,那老妈子便叫他们"大王"——据说对长毛就应该这样叫——诉说自己的饥饿。长毛笑道:"那么,这东西就给你吃了罢!"将一个圆圆的东西掷了过来,还带着一条小辫子,正是那门房的头。煮饭老妈子从此就骇破了胆,后来一提起,还是立刻面如土色,自己轻轻地拍着胸脯道:"啊呀,骇死我了,骇死我了……"

我那时似乎倒并不怕,因为我觉得这些事和我毫不相干的,我不是一个门房。但她大概也即觉到了,说道:"像你似的小孩子,长毛也要掳的,掳去做小长毛。还有好看的姑娘,也要掳。"

"那么,你是不要紧的。"我以为她一定最安全了,既不做门房,又不是小孩子,也生得不好看,况且颈子上还有许多灸疮疤。

"哪里的话?!"她严肃地说,"我们就没有用处?我们也要被掳去。城外有兵来攻的时候,长毛就叫我们脱下裤子,一排一排地站在城墙上,外面的大炮就放不出来;再要放,就炸了!"

这实在是出于我意想之外的,不能不惊异。我一向只以为她满肚子是麻烦的礼节罢了,却不料她还有这样伟大的神力。从此对于她就有了特别的敬意,似乎实在深不可测;夜间的伸开手脚,占领全床,那当然是情有可原的了,倒应该我退让。

这种敬意,虽然也逐渐淡薄起来,但完全消失,大概是在知道她谋害了我的隐鼠之后。那时就极严重地诘问,而且当面叫她阿长。我想我又不真做小长毛,不去攻城,也不放炮,更不怕炮炸,我惧惮她什么呢!

但当我哀悼隐鼠,给它复仇的时候,一面又在渴慕着绘图的《山海经》了。这渴慕是从一个远房的叔祖惹起来的。他是一个胖胖的,和蔼的老人,爱种一点花木,如珠兰茉莉之类,还有极其少见的,据说从北边带回去的马缨花。他的太太却正相反,什么也莫名其妙,曾将晒衣服的竹竿搁在珠兰的枝条上,枝折了,还要愤愤地咒骂道:"死尸!"这老人是个寂寞者,因为无人可谈,就很爱和孩子们往来,有时简直称我们为"小友"。在我们聚族而居的宅子里,只有他书多,而且特别。制艺和试帖诗,自然也是有的;但我却只在他的书斋里,看见过陆玑的《毛诗草木鸟兽虫鱼疏》,还有许多名目很生的书籍。我那时最爱看的是《花镜》,上面有许多图。他说给我听,曾经有过一部绘图的《山海经》,画着人面的兽,九头的蛇,三脚的鸟,生着翅膀的人,没有头而以两乳当作眼睛的怪物……可惜现在不知道放在哪里了。

我很愿意看看这样的图画，但不好意思力逼他去寻找，他是很疏懒的。问别人呢，谁也不肯真实地回答我。压岁钱还有几百文，买罢，又没有好机会。有书买的大街离我家远得很，我一年中只能在正月间去玩一趟，那时候，两家书店都紧紧地关着门。

玩的时候倒是没有什么的，但一坐下，我就记得绘图的《山海经》。

大概是太过于念念不忘了，连阿长也来问《山海经》是怎么一回事。这是我向来没有和她说过的，我知道她并非学者，说了也无益；但既然来问，也就都对她说了。

过了十多天，或者一个月罢，我还很记得，是她告假回家以后的四五天，她穿着新的蓝布衫回来了，一见面，就将一包书递给我，高兴地说道：

"哥儿，有画儿的'三哼经'，我给你买来了！"

我似乎遇着了一个霹雳，全体都震悚起来；赶紧去接过来，打开纸包，是四本小小的书，略略一翻，人面的兽，九头的蛇……果然都在内。

这又使我发生新的敬意了，别人不肯做，或不能做的事，她却能够做成功。她确有伟大的神力。谋害隐鼠的怨恨，从此完全消灭了。

这四本书，乃是我最初得到，最为心爱的宝书。

219

书的模样,到现在还在眼前。可是从还在眼前的模样来说,却是一部刻印都十分粗拙的本子。纸张很黄;图像也很坏,甚至于几乎全用直线凑合,连动物的眼睛也都是长方形的。但那是我最为心爱的宝书,看起来,确是人面的兽;九头的蛇;一脚的牛;袋子似的帝江;没有头而"以乳为目,以脐为口",还要"执干戚而舞"的刑天。

此后我就更其搜集绘图的书,于是有了石印的《尔雅音图》和《毛诗品物图考》,又有了《点石斋丛画》和《诗画舫》。《山海经》也另买了一部石印的,每卷都有图赞,绿色的画,字是红的,比那木刻的精致得多了。这一部直到前年还在,是缩印的郝懿行疏。木刻的却已经记不清是什么时候失掉了。

我的保姆,长妈妈即阿长,辞了这人世,大概也有了三十年了罢。我终于不知道她的姓名,她的经历;仅知道有一个过继的儿子,她大约是青年守寡的孤孀。

仁厚黑暗的地母呵,愿在你怀里永安她的魂灵!

三月十日

怀晚晴老人

——夏丏尊

壁间挂着一张和尚的照片,这是弘一法师。自从"八一三"前夕,全家六七口从上海华界迁避租界以来,老是挤居在一间客堂里,除了随身带出的一点衣被以外,什么都没有,家具尚是向朋友家借凑来的,装饰品当然谈不到,真可谓家徒四壁,挂这张照片也还是过了好几个月以后的事。

弘一法师的照片我曾有好几张,迁避时都未曾带出。现在挂着的一张,是他去年从青岛回厦门,路过上海时请他重拍的。

他去年春间从厦门往青岛湛山寺讲律,原约中秋后返厦门。"八一三"以后不多久,我接到他的信,说要回上海来再到厦门去。那时上海正是炮火喧天,炸弹如雨,青岛还很平静。我劝他暂住青岛,并报告他我个人损失和困顿的情形。他来信似乎非回厦门不可,叫我不必替他过虑。且安慰我说:"湛山寺居僧近百人,每月食物至少需三百元。现在住持者不生忧虑,因依佛法自有灵感,不致绝粮也。"

在大场陷落的前几天,他果然到上海来了。从新北门某寓馆打电话到开明书店找我。我不在店,雪邨先生代我先去看他。据说,他向章先生详问我的一切,逃难的情形,儿女的情形,事业和财产的情形,什么都问到。章先生逐项报告他,他听到一项就念一句佛。我赶去看他已在夜间,他却没有详细问什么。几年不见,彼此都觉得老了。他见我有愁苦的神情,笑对我说道:"世间一切,本来都是假的,不可认真。前回我不是替你写过一幅金刚经的四句偈了吗?'一切有为法,如梦幻泡影,如露亦如电,应作如是观。'你现在正可觉悟这真理了。"

他说三天后有船开厦门,在上海可住二日。第二天又去看他。那旅馆是一面靠近民国路一面靠近外滩的,日本飞机正狂炸浦东和南市一带,在房间里坐着,每几分钟就要受震惊一次。我有些挡不住,他却镇静如常,只微动着嘴唇。这一定又在念佛了。和几位朋友拉他同到觉林蔬食处午餐,以后要求他到附近照相馆留一摄影——就是这张相片。

他回到厦门以后,依旧忙于讲经说法。厦门失陷时,我们很记念他,后来知道他已早到了漳州了。来信说:"近来在漳州城区弘扬佛法,十分顺利。当此国难之时,人多发心归信佛法也。"今年夏间，我丢了一个孙儿，他知道了，写信来劝我念佛。秋间，老友经子渊先生病笃了，他也写信来叫我转交，劝他念佛。因为战时邮件缓慢，这信到时，子渊先生已逝去，不及见了。

厦门陷落后，丰子恺君从桂林来信，说想迎接他到桂林去。我当时就猜测他不会答应的。果然，子恺前几天来信说，他不愿到桂林去。据子恺来信，他复子恺的信说："朽人年来老态日增，不久即往生极乐。故于今春在泉州及惠安尽力宏法，近在漳州亦尔。犹如夕阳，殷红绚彩，随即西沉。吾生亦尔，世寿将尽，聊作最后之记念耳。……缘是不克他往，谨谢厚谊。"这几句话非常积极雄壮，毫没有感伤气。

他自题白马湖的庵居叫"晚晴山房"，有时也自称晚晴老人。据他和我说，他从儿时就欢喜唐人"人间爱晚晴"（李义山句）的诗句，所以有此称号。"犹如夕阳，殷红绚彩，随即西沉"这几句话，恰好就是晚晴二字的注脚，可以道出他的心事的。

他今年五十九岁，再过几天就六十岁了。去年在上海离别时，曾对我说："后年我六十岁，如果有缘，当重来江浙，顺便到白马湖晚晴山房去小住一回，且看吧。"他的话原是毫不执着的。凡事随缘，要看"缘"的有无，但我总希望有这个"缘"。

1943年2月

闹市闲民

——汪曾祺

我每天在西四倒101路公共汽车回甘家口。直对101站牌有一户人家。一间屋，一个老人。天天见面，很熟了。有时车老不来，老人就搬出一个马扎儿来："车还得会子，坐会儿。"

屋里陈设非常简单（除了大冬天，他的门总是开着），一张小方桌，一个方机凳，三个马扎儿，一张床，一目了然。

老人七十八岁了，看起来不像，顶多七十岁。气色很好。他经常戴一副老式的圆镜片的浅茶晶的养目镜——这副眼镜大概是他身上唯一值钱的东西。眼睛很大，一点没有混浊，眼角有深深的鱼尾纹。跟人说话时总带着一点笑意，眼神如一个天真的孩子。上唇留了一撮疏疏的胡子，花白了。他的人中很长，唇髭不短，但是遮不住他的微厚而柔软的上唇。——相书上说人中长者多长寿,信然。他的头发也花白了,向后梳得很整齐。他常年穿一套很宽大的蓝制服,天凉时套一件黑色粗毛线的很长的背心。圆口布鞋,草绿色线袜。

从攀谈中我大概知道了他的身世。他原来在一个中学当工友,早就退休了。他有家。有老伴。儿子在石景山钢铁厂当车间主任。孙子已经上初中了。老伴跟儿子,他不愿跟他们一起过,说是:"乱!"他愿意一个人。他的女儿出嫁了。外孙也大了。儿子有时进城办事,来看看他,给他带两包点心,说会子话。儿媳妇、女儿隔几个月来给他拆洗拆洗被窝。平常,他和亲属很少来往。

他的生活非常简单。早起扫扫地,扫他那间小屋,扫门前的人行道。一天三顿饭。早点是干馒头就咸菜喝白开水。中午晚上吃面。一年三百六十五天,天天如此。他不上粮店买切面,自己做。抻条,或是拨鱼儿。他的拨鱼儿真是一绝。小锅里坐上水,用一根削细了的筷子把稀面顺着碗口"赶"进锅里。他拨的鱼儿不断,一碗拨鱼儿是一根,而且粗细如一。我为看他拨鱼儿,宁可误趟车。我跟他说:"你这拨鱼儿真是个手艺!"他说:"没什么,早一点把面和上,多搅搅。"我学着他的法子回家拨鱼儿,结果成了一锅面糊糊疙瘩汤。他吃的面总是一个味儿!浇炸酱。黄酱,很少一点肉末。黄瓜丝、小萝卜,一概不要。白菜下来时,切几丝白菜,这就是"菜码儿"。他饭量不小,一顿半斤面。吃完面，喝一碗面汤（他不大喝水），涮涮碗，坐在门前的马扎儿上，抱着膝盖看街。

我有时带点新鲜菜蔬，青蛤、海蛎子、鳝鱼、冬笋、木耳菜，他总要过来看看："这是什么？"我告诉他是什么，他摇摇头："没吃过。南方人会吃。"他是不会想到吃这样的东西的。

他不种花，不养鸟，也很少遛弯儿。他的活动范围很小，除了上粮店买面，上副食店买酱，很少出门。

他一生经历了很多大事。远的不说。敌伪时期，吃混合面。傅作义。解放军进城，扭秧歌，呛呛七呛七。开国大典，放礼花。没完没了的各种运动。三年自然灾害，大家挨饿。"文化大革命"。"四人帮"。"四人帮"垮台。华国锋。华国锋下台……

然而这些都与他无关，没有在他身上留下多少痕迹。他每天还是吃炸酱面——只要粮店还有白面卖，而且北京的粮价长期稳定——坐在门口马扎儿上看街。

他平平静静，没有大喜大忧，没有烦恼，无欲望亦无追求，天然恬淡，每天只是吃抻条面、拨鱼儿，抱膝闲看，带着笑意，用孩子一样天真的眼睛。

这是一个活庄子。

1990年5月5日

做人

——蔡澜

不知道是什么时候，我变成了食家

大概是在刊物上写餐厅评价开始的。我从不白吃白喝，好的就说好，坏的就说坏，读者喜欢听吧。

我介绍的不只是大餐厅，街边小贩的美食也是我推崇的，较为人亲近的缘故。

为什么读者说我的文字引人垂涎？那是因为每一篇文字，都是我在写稿写到天亮，肚子特别饿的时候下笔。秘诀都告诉你了。

被称为"家"不敢当，我更不是老饕，只是一个对吃有兴趣的人，而且我一吃就吃了几十年，不是专家也变成专家。

我们也吃了几十年呀！朋友说。当然，除了爱吃，好奇心要重，肯花工夫一家家去试，记载下来不就行吗？每一个人都可以成为食家的呀。

不知道是什么时候，我变成了茶商

茶一喝也是数十年，我特别爱喝普洱茶，是因为来到香港，人人都喝的关系，普洱茶只在珠江三角洲一带流行，连原产地的云南人也没那么重视。广东人很聪明，知道普洱茶去油腻，所以广东瘦人还是多过胖子。

不过普洱茶是全发酵的茶，一般货色有点霉味，我找到了一条明人古方，调配后生产给友人喝，大家喝上瘾来一直向我要，不堪麻烦地制出商品，就那么糊里糊涂地成为茶商。

不知道是什么时候，我卖起零食来

也许是因为卖茶得到一点利润，对做生意发生了兴趣。想起小时奶妈废物利用，把饭焦炸给我们吃，将它制成商品出售而已。

不知道是什么时候，我开起餐厅来

既然爱吃，这个结果已是理所当然的事。在食肆吃不到猪油，只有自己做。大家都试过挨穷吃猪油捞饭的日子，同道中人不少，大家分享，何乐不为？

不知道是什么时候，我生产酱料

干的都和吃有关，又看到XO酱的鼻祖韩培珠的辣椒酱给别人抢了生意，就兜起她的兴趣，请她出马做出来卖。成绩尚好，加多一样咸鱼酱。咸鱼虽然大家都说吃了会生癌，怕怕，但基本上我们都爱吃，做起来要姜葱煎，非常麻烦，不如制为成品，一打开玻璃罐就能入口，那多方便！生意便产生了。

不知道是什么时候，我有了一间杂货店

各种酱料因为坚持不放防腐剂，如果在超级市场分销，没有冷藏吃坏人怎么办？只好弄一个档口自己卖，请顾客一定要放入冰箱，便能达到卫生原则，所以就开那么小小的一间。租金不是很贵，也有多年好友谢国昌一人看管，还勉强维持。接触到许多

中环佳丽来买，说拿回家煮个公仔面当菜，原来美人也有寂寞的晚上。

不知道是什么时候，我推销起药来

在澳洲拍戏的那年，发现了这种补肾药，服了有效，介绍给朋友，大家都要我替他们买，不如就代理起来。澳洲管制药物的法律极严，吃坏人给人告到扑街，这是纯粹草药炼成，对身体无害，卖就卖吧。

不知道是什么时候，我写起文章来

抒抒情，又能赚点稿费帮补家用，多好！稿纸又不要什么本钱的。

不知道是什么时候，我忘记了老本行是拍电影

从十六岁出道就一直做，也有四十年了，我拍过许多商业片，其中只监制有三部三级电影，便给人留下印象，再也没有人记得我监制过成龙的片子，所以也忘记了自己是干电影的。

这些工作，有赚有亏，说我的生活无忧无虑是假的，我至今

还是两袖清风，得努力保个养老的本钱。

"你到底是什么身份？电影人？食家？茶商？开餐厅的？开杂货店的？做零食的？卖柴米油盐酱的？你最想别人怎么看你？"朋友问。

"我只想做一个人。"我回答。

从小，父母亲就要我好好地"做人"。做人还不容易吗？不。不容易。

"什么叫会做人？"朋友说，"看人脸色不就是？"

不，做人就是努力别看他人脸色，做人，也没必要给别人脸色看。

生了下来，大家都是平等的。人与人之间要有一份互相的尊敬。所以我不管对方是什么职业，是老是少，我都尊重。

除了尊敬人，也要尊敬我们住的环境，这是一个基本条件。

看惯了人类为了一点小利益而出卖朋友，甚至兄弟父母，也学会了饶恕。人，到底是脆弱的。

年轻时的疾恶如仇时代已成过去。但会做人并不需要圆滑，有话还是要说的。为了争取到这个权利，付出的甚多。现在，要求的也只是尽量能说要说的话，不卑不亢。

到了这个地步，最大的缺点是变成了老顽固，但已经炼成百毒不侵之身，别人的批评，当耳边风矣，认为自己是一个人，中国人、美国人都没有分别。愿你我都一样，做一个人吧。

231

辑六

万物生灵，特别可爱

两只幼鸽挤在四方洞口，
以惊异稚气的眼睛瞅着正在地上啄食的父亲和母亲。
那是怎样漂亮的两只幼鸽哟，
雪白的羽毛，
让人联想到刚刚挤出的牛乳。

老猫

——季羡林

　　老猫虎子蜷曲在玻璃窗外窗台上一个角落里，缩着脖子，眯着眼睛，浑身一片寂寞、凄清、孤独、无助的神情。

　　外面正下着小雨，雨丝一缕一缕地向下飘落，像是珍珠帘子。时令虽已是初秋，但是隔着雨帘，还能看到紧靠窗子的小土山上丛草依然碧绿，毫无要变黄的样子。在万绿丛中赫然露出一朵鲜艳的红花。古诗"万绿丛中一点红"，大概就是这般光景吧。这一朵小花如火似燃，照亮了浑茫的雨天。

　　我从小就喜爱小动物。同小动物在一起，别有一番滋味。它们天真无邪，率性而行；有吃抢吃，有喝抢喝；不会说谎，不会推诿；受到惩罚，忍痛挨打；一转眼间，照偷不误。同它们在一起，我心里感到怡然，坦然，安然，欣然。不像同人在一起那样，应对进退、谨小慎微、斟酌词句、保持距离，感到异常的别扭。

十四年前，我养的第一只猫，就是这个虎子。刚到我家来的时候，比老鼠大不了多少。蜷曲在窄狭的窗内窗台上，活动的空间好像富富有余。它并没有什么特点，仅只是一只最平常的狸猫，身上有虎皮斑纹，颜色不黑不黄，并不美观。但是异于常猫的地方也有，它有两只炯炯有神的眼睛，两眼一睁，还真虎虎有虎气，因此起名叫虎子。它脾气也确实暴烈如虎。它从来不怕任何人。谁要想打它，不管是用鸡毛掸子，还是用竹竿，它从不回避，而是向前进攻，声色俱厉。得罪过它的人，它永世不忘。我的外孙打过一次，从此结仇。只要他到我家来，隔着玻璃窗子，一见人影，它就做好准备，向前进攻，爪牙并举，吼声震耳。他没有办法，在家中走动，都要手持竹竿，以防万一，否则寸步难行。有一次，一位老同志来看我，他显然是非常喜欢猫的。一见虎子，嘴里连声说着："我身上有猫味，猫不会咬我的。"他伸手想去抚摩它，可万万没有想到，我们虎子不懂什么猫味，回头就是一口。这位老同志大惊失色。总之，到了后来，虎子无人不咬，只有我们家三个主人除外，它的"咬声"颇能耸人听闻了。

但是，要说这就是虎子的全面，那也是不正确的。除了暴烈咬人以外，它还有另外一面，这就是温柔敦厚的一面。我举一个小例子。虎子来我们家以后的第三年，我又要了一只小猫。这是一只混种的波斯猫，浑身雪白，毛很长，但在额头上有一小片黑黄相间的花纹。我们家人管这只猫叫洋猫，起名咪咪；虎子则被尊为土猫。这只猫的脾气同虎子完全相反：胆小、怕人，从来没有咬过人。只有在外面跑的时候，才露出一点野性。它只要有机会溜出大门，但见它长毛尾巴一摆，像一溜烟似的立即窜入小山的树丛中，半天不回家。这两只猫并没有血缘关系。但是，不知道是由于什么原因，一进门，虎子就把咪咪看作是自己的亲生女儿。它自己本来没有什么奶，却坚决要给咪咪喂奶，把咪咪搂在怀里，让它咂自己的干奶头，它眯着眼睛，仿佛在享着天福。我在吃饭的时候，有时丢点鸡骨头、鱼刺，这等于猫们的燕窝、鱼翅。但是，虎子却只蹲在旁边，瞅着咪咪一只猫吃，从来不同它争食。有时还"咪噢"上两声，好像是在说："吃吧，孩子！安安静静地吃吧！"有时候，不管是春夏还是秋冬，虎子会从西边的小山上逮一些小动物，麻雀、蚱蜢、蝉、蛐蛐之类，用嘴叼着，蹲在家门口，嘴里发出一种怪声。这是猫语，屋里的咪咪，不管是睡还是醒，耸耳一听，立即跑到门后，馋涎欲滴，等着吃母亲带来的佳肴，大快朵颐。我们家人看到这样母子亲爱的情景，都由衷地感动，一致把虎子称作"义猫"。有一年，小咪咪生了两个小猫。大概是初做母亲，没有经验，正如我们圣人所说的那样："未有学养子而后嫁者也"，人们能很快学会，而猫们则不行。咪咪丢下小猫不管，虎子却大忙特忙起来，觉不睡，饭

237

不吃，日日夜夜把小猫搂在怀里。但小猫是要吃奶的，而奶正是虎子所缺的。于是小猫暴躁不安，虎子眉头一皱，计上心来，叼起小猫，到处追着咪咪，要它给小猫喂奶。还真像一个姥姥样子，但是小咪咪并不领情，依旧不给小猫喂奶。有几天的时间，虎子不吃不喝，瞪着两只闪闪发光的眼睛，嘴里叼着小猫，从这屋赶到那屋；一转眼又赶了回来。小猫大概真是受不了啦，便辞别了这个世界。我看了这一出猫家庭里的悲剧又是喜剧，实在是爱莫能助，惋惜了很久。

　　我同虎子和咪咪都有深厚的感情。每天晚上，它们俩抢着到我床上去睡觉。在冬天，我在棉被上面特别铺上了一块布，供它们躺卧。我有时候半夜里醒来，神志一清醒，觉得有什么东西重重地压在我身上，一股暖气仿佛透过了两层棉被，扑到我的双腿上。我知道，小猫睡得正香，即使我的双腿由于僵卧时间过久，又酸又痛，但我总是强忍着，决不动一动双腿，免得惊了小猫的轻梦。它此时也许正梦着捉住了一只耗子。只要我的腿一动，它这耗子就吃不成了，岂非大煞风景吗？

　　这样过了几年，小咪咪大概有八九岁了。虎子比它大三岁，十一二岁的光景，依然威风凛凛，脾气暴烈如故，见人就咬，大有死不改悔的神气。而小咪咪则出我意料地露出了下世的光景，常常到处小便，桌子上，椅子上，沙发上，无处不便。如果到医院里去检查的话，大夫在列举的病情中一定会有一条的：小便失禁。最让我心烦的是，它偏偏看上了我桌子上的稿纸。我正写着什么文章，然而它却根本不管这一套，跳上去，屁股往下一蹲，一泡猫尿流在上面，还闪着微弱的光。说我不急，那不是真的。我心里真急，但是，我谨遵我的一条戒律：决不打小猫一掌，在任何情况之下，也不打它。此时，我赶快把稿纸拿起来，抖掉了上面的猫尿，等它自己干。心里又好气，又好笑，真是哭笑不得。家人对我的嘲笑，我置若罔闻，"全等秋风过耳边"。

我不信任何宗教，也不皈依任何神灵。但是，此时我却有点想迷信一下。我期望会有奇迹出现，让咪咪的病情好转。可世界上是没有什么奇迹的，咪咪的病一天一天地严重起来。它不想回家，喜欢在房外荷塘边上石头缝里待着，或者藏在小山的树木丛里。它再也不在夜里睡在我的被子上了。每当我半夜里醒来，觉得棉被上轻飘飘的，我惘然若有所失，甚至有点悲伤了。我每天凌晨起来，第一件事情就是拿着手电到房外塘边山上去找咪咪。它浑身雪白，是很容易找到的。在薄暗中，我眼前白白地一闪，我就知道是咪咪。见了我，"咪噢"一声，起身向我走来。我把它抱回家，给它东西吃，它似乎根本没有胃口。我看了直想流泪。有一次，我拖着疲惫的身子，走几里路，到海淀的肉店里去买猪肝和牛肉。拿回来，喂给咪咪，它一闻，似乎有点想吃的样子；但肉一沾唇，它立即又把头缩回去，闭上眼睛，不闻不问了。

有一天傍晚，我看咪咪神情很不妙，我预感要发生什么事情。我唤它，它不肯进屋。我把它抱到篱笆以内，窗台下面。我端来两只碗，一只盛吃的，一只盛水。我拍了拍它的脑袋，它偎依着我，"咪噢"叫了两声，便闭上了眼睛。我放心进屋睡觉。第二天凌晨，我一睁眼，三步并作一步，手里拿着手电，到外面去看。哎呀不好！两碗全在，猫影顿杳。我心里非常难过，说不出是什么滋味。我手持手电找遍了塘边，山上，树后，草丛，深沟，石缝。有时候，眼前白光一闪。"是咪咪！"我狂喜。走近一看，是一张白纸。我嗒然若丧，心头仿佛被挖掉了点什么。"屋前屋后搜之遍，几处茫茫皆不见。"从此我就失掉了咪咪，它从我的生命中消逝了，永远永远地消逝了。我简直像是失掉了一个好友，一个亲人。至今回想起来，我内心里还颤抖不止。

在我心情最沉重的时候，有一些通达世事的好心人告诉我，猫们有一种特殊的本领，能知道自己什么时候寿终。到了此时此刻，它们决不待在主人家里，让主人看到死猫，感到心烦，或感到悲伤。它们总是逃了出去，到一个最僻静、最难找的角落里，地沟里，山洞里，树丛里，等候最后时刻的到来。因此，养猫的人大都在家里看不见死猫的尸体。只要自己的猫老了，病了，出去几天不回来，他们就知道，它已经离开了人世，不让举行遗体告别的仪式，永远永远不再回来了。

我听了以后，憬然若有所悟。我不是哲学家，也不是宗教家，但却读过不少哲学家和宗教家谈论生死大事的文章。这些文章多半有非常精辟的见解，闪耀着智慧的光芒，我也想努力从中学习一些有关生死的真理。结果却是毫无所得。那些文章中，除了说教以外，几乎没有什么有用的东西。大半都是老生常谈，不能解决什么实际问题，没能给我留下深刻的印象。现在看来，倒是猫们临终时的所作所为，即使仅仅是出于本能吧，却给了我很大的启发。人们难道就不应该向猫们学习这一点经验吗？有生必有死，这是自然规律，谁都逃不过。中国历史上的赫赫有名的人物，秦皇、汉武，还有唐宗，想方设法，千方百计，想求得长生不老。到头来仍然是竹篮子打水一场空，只落得黄土一抔，"西风残照汉家陵阙"。我辈平民百姓又何必煞费苦心呢？一个人早死几个小时，或者晚死几个小时，甚至几天，实在是无所谓的小事，绝影响不了地球的转动，社会的前进。再退一步想，现在有些思想开明的人士，不想长生不死，不想在大地上再留黄土一抔；甚至开明到不要遗体告别，不要开追悼会。但是仍会给后人留下一些麻烦：登报，发讣告，还要打电话四处通知，总得忙上一阵。何不学一学猫们呢？它们这样处理生死大事，干得何等干净利索呀！一点痕迹也不留，走了，走了，永远地走了，让这花花世界的人们不见猫尸，用不着落泪，照旧做着花花世界的梦。

我忽然联想到我多次看过的敦煌壁画上的西方净土变。所谓"净土"，指的就是我们常说的天堂、乐园，是许多宗教信徒烧香念佛，查经祷告，甚至实行苦行，折磨自己，梦寐以求想到达的地方。据说在那里可以享受天福，得到人世间万万得不到的快乐。我看了壁画上画的房子、街道、树木、花草，以及大人、小孩，林林总总，觉得十分热闹。可我觉得没有什么出奇之处。只有一件事给我留下了永不磨灭的印象，那就是，那里的人们都是笑口常开，没有一个人愁眉苦脸，他们的日子大概过得都很惬意。不像在我们人间有这样许多不如意的事情，有时候办点事，还要找后门，钻空子。在他们的商店里——净土里面还实行市场经济吗？他们还用得着商店吗？——售货员大概都很和气，不给人白眼，不训斥"上帝"，不扎堆闲侃，不给人钉子碰。这样的天堂乐园，我也真是心向往之的。但是给我印象最深，使我最为吃惊或者羡慕的还是他们对待要死的人的态度。那里的人，大概同人世间的猫们差不多，能预先知道自己寿终的时刻。到了此时，要死的老嬷嬷或者老头儿，健步如飞地走在前面，身后簇拥着自己的子子孙孙、至亲好友，个个喜笑颜开，全无悲戚的神态，仿佛是去参加什么喜事一般，一直把老人送进坟墓。后事如何，壁画不是电影，是不能动的。然而画到这个程序，以后的事尽在不言中。如果一定要画上填土封坟，反而似乎是多此一举了。我觉得，净土中的人们给我们人类争了光。他们这一手比猫们又漂亮多了。知道必死，而又兴高采烈，多么豁达！多么聪明！猫们能做得到吗？这证明，净土里的人们真正参透了人生奥秘，真正参透了自然规律。人为万物之灵，他们为我们人类在同猫们对比之下真真增了光！真不愧是净土！

上面我胡思乱想得太远了，还是回到我们人世间来吧。我坦白承认，我对人生的奥秘参透得还不够，我对自然规律参透得也还不够。我仍然十分怀念我的咪咪。我心里仿佛有一个空白，非填起来不行。我一定要找一只同咪咪一模一样的白色波斯猫。后来果然朋友又送来了一只，浑身长毛，洁白如雪，两只眼睛全是绿的，亮晶晶像两块绿宝石。为了纪念死去的咪咪，我仍然为它命名"咪咪"，见了它，就像见到老咪咪一样。过了大约又有一年的光景，友人又送了我一只据说是纯种的波斯猫，两只眼睛颜色不同，一黄一蓝。在太阳光下，黄的特别黄，蓝的特别蓝，像两颗黄蓝宝石，闪闪发光，竞妍争艳。这只猫特别调皮，简直是胆大无边，然而也因此就更特别可爱。这一下子又忙坏了虎子，它认为这两只小猫都是自己的亲生女儿，硬逼着它们吮吸自己那干瘪的奶头。只要它走出去，不知在什么地方弄到了小鸟、蚱蜢之类，就带回家来，给两只小猫吃。好久没有听到的"咪噢"唤小猫的声音，现在又听到了。我心里漾起了一丝丝甜意。这大大地减轻了我对老咪咪的怀念。

可是岁月不饶人，也不会饶猫的。这一只"土猫"虎子已经活到十四岁。据通达世情的人们说，猫的十四岁，就等于人的八九十岁。这样一米，我自己不是成了虎子的同龄"人"了吗？

这个虎子却也真怪。有时候，颇现出一些老相。两只炯炯有神的眼睛里忽然被一层薄膜蒙了起来。嘴里流出了哈喇子，胡子上都沾得亮晶晶的。不大想往屋里来，日日夜夜扒在阳台上蜂窝煤堆上，不吃，不喝。我有了老咪咪的经验，知道它快不行了。我也跑到海淀，去买来牛肉和猪肝，想让它不要饿着肚子离开这个世界。我随时准备着：第二天早晨一睁眼，虎子不见了。结果虎子并没有这样干。我天天凌晨第一件事就是来看虎子，隔着窗子，依然黑糊糊的一团，卧在那里。我心里感到安慰。有时候，它也起来走动了。我在本文开头时写的就是去年深秋一个下雨天我隔窗看到的虎子的情况。

到了今天，半年又过去了。虎子不但没有走，而且顽健胜昔，仍然是天天出去。有时候在晚上，窗外的布帘子的一角蓦地被掀了起来，一个丑角似的三花脸一闪。我便知道，这是虎子回来了，连忙开门，放它进来。大概同某一些老年人一样——不是所有的老年人——到了暮年就改恶向善，虎子的脾气大大地改变了。几乎再也不咬人了。我早晨摸黑起床，写作看书累了，常常到门外湖边山下去走一走。此时，我冷不防脚下忽然踢着了一团软乎乎的东西。这是虎子。它在夜里不知道在什么地方待了一夜，现在看到了我，一下子蹿了出来，用身子蹭我的腿，在我身前和身后转悠。它跟着我，亦步亦趋，我走到哪里，它就跟到哪里，寸步不离。我有时故意爬上小山，以为它不会跟来了，然而一回头，虎子正跟在身后。猫是从来不跟人散步的，只有狗才这样干。有时候碰到过路的人，他们见了这情景，都大为吃惊。"你看猫跟着主人散步哩！"他们说，露出满脸惊奇的神色。最近一个时期，虎子似乎更精力旺盛了，它返老还童了。有时候竟带一个它重孙辈的小公猫到我们家阳台上来。"今夜我们相识。"虎子用不着介绍就相识了。看样子，虎子一去不复返的日子遥遥无期了。我成了拥有三只猫的家庭的主人。

我养了十几年猫，前后共有四只。猫们向人们学习什么，我不通猫语，无法询问。我作为一个人却确实向猫学习了一些有用的东西。上面讲过的对处理死亡的办法，就是一个例子。我自己毕竟年纪已经很大了，常常想到死的问题。鲁迅五十多岁就想到了，我真是瞠乎后矣。人生必有死，这是无法抗御的。而且我还认为，死也是好事情。如果世界上的人都不死，连我们的轩辕老祖和孔老夫子今天依然峨冠博带，坐着奔驰车，到天安门去遛弯，你想人类世界会成一个什么样子！人是古代的过客，总是要走过去的，这决不会影响地球的转动和人类社会的进步。每一代人都只是一场没有终点的长途接力赛的一环。前不见古人，后不见来者，是宇宙常规。人老了要死，像在净土里那样，应该算是一件喜事。老人跑完了自己的一棒，把棒交给后人，自己要休息了，这是正常的。不管快慢，他们总算跑完了一棒，总算对人类的进步做出了贡献，总算尽上了自己的天职。年老了要退休，这是身体精神状况所决定的，不是哪个人能改变的。老人们会不会感到寂寞呢？我认为，会的。但是我却觉得，这寂寞是顺乎自然的，从伦理的高度来看，甚至是应该的。我始终主张，老年人应该为青年人活着，而不是相反。青年人有接力棒在手，世界是他们的，未来是他们的，希望是他们的。吾辈老年人的天职是尽上自己仅存的精力，帮助他们前进，必要时要躺在地上，让他们踏着自己的躯体前进，前进。如果由于害怕寂寞而学习《红楼梦》里的贾母，让一家人都围着自己转，这不但是办不到的，而且从人类前途利益来看是犯罪的行为。我说这些话，也许有人怀疑，我是不是碰到了什么不如意的事，才说出这样令某些人骇怪的话来。不，不，决不。我现在身体顽健，家庭和睦，在社会上广有朋友，每天照样读书、写作、会客、开会不辍。我没有不如意的事情，也没有感到寂寞。不过自己毕竟已逾耄耋之年，面前的路有限了。不免有时候胡思乱想。而且，我同猫们相处久了，觉得它们有些东西确实值得我们学习，我们这些万物之灵应该屈尊一下，学习学习。即使只学到猫们处理死亡大事这一手，我们社会上会减少多少麻烦呀！

"那么，你是不是准备学习呢？"我仿佛听到有人这样质问了。是的，我心里是想学习的。不过也还有些困难。我没有猫的本能，我不知道自己的大限何时来到。而且我还有点担心。如果我真正学习了猫，有一天忽然偷偷地溜出了家门，到一个旮旯里、树丛里、山洞里、河沟里，一头钻进去，藏了起来，这样一来，我们人类社会可不像猫社会那样平静，有些人必然认为这是特大新闻，指手画脚，喊喊喳喳。如果是在旧社会里或者在今天的香港等地的话，这必将成为头版头条的爆炸性新闻，不亚于当年的杨乃武和小白菜。我的亲属和朋友也必将派人出去寻找，派的人也许比寻找彭加木的人还要多。这是多么可怕的事呀！因此我就迟疑起来。至于最后究竟何去何从？我正在考虑、推敲、研究。

1992年8月30日

告别白鸽

——陈忠实

老舅到家里来，话题总是离不开退休后的生活内容，谈到他还可以干翻扎麦地这种最重的农活儿，很自豪的神情；养着一只大奶羊，早晨起来挤下羊奶煮熟和孙子喝了，孙子去上学，他则牵着羊到坡地里去放牧，挺诱人的一种惬意的神色；说他还养着一群鸽子，到山坡上放羊时或每月进城领取退休金时，顺路都要放飞自己的鸽子。我禁不住问："有白色的没有？纯白的？"

老舅当即明白了我的话意，不无遗憾地说："有倒是有……只有一对。"随之又转换成愉悦的口吻："白鸽马上就要下蛋了，到时候我把小白鸽给你捉来，就不怕它飞跑了。"老舅大约看出我的失望，继续解释说，"那一对老白鸽你养不住，咱们两家原上原下几里路，它一放开就飞回老窝里去了。"

我就等待着,并不焦急,从产卵到孵化再到幼鸽独立生存,差不多得两个月,急是没有用的。我那时正在远离城市的乡下故园里住着读书写作,大约七八年了,对那种纯粹的乡村情调和质朴到近乎平庸的生活,早已生出寂寞,尤其是陷入那部长篇小说的写作以来的三年。这三年里我似乎在穿越一条漫长的历史隧道,仍然看不到出口处的亮光,一种劳动过程之中尤其是每一次劳动中止之后的寂寞围裹着我,常常难以诉叙难以排解。我想到能有一对白色的鸽子,心里便生出一缕温情一方圣洁。

出乎我意料的是,一周没过,舅舅又来了,而且捉来了一对白鸽。面对我的欣喜和惊讶之情,老舅说:"我回去后想了,干脆让白鸽把蛋下到你这里,在你这里孵出小鸽,它就认你这儿为家咧。再说嘛,你一年到头闷在屋里看书呀写字呀,容易烦。我想到这一层就赶紧给你捉来了。"我看着老舅的那双洞达豁朗的眼睛,心不由怦然颤动起来。

我把那对白鸽接到手里时,发现老舅早已扎住了白鸽的几根羽毛,这样被细线捆扎的鸽子只能在房屋附近飞上飞下,而不会飞高飞远。老舅特别叮嘱说,一旦发现雌鸽产下蛋来,就立即解开它翅膀上被捆扎的羽毛,此时无须担心鸽子飞回老窝去,它离不开它的蛋。至于饲养技术,老舅不屑地说:"只要每天早晨给它撒一把苞谷粒儿……"

我在祖居的已经完全破败的老屋的后墙上的土坯缝隙里,砸进了两根木棍子，架上一只硬质包装纸箱，纸箱的右下角剪开一个四方小洞，就把这对白鸽放进去了。这幢已无人居住的破落的老屋似乎从此获得了生气，我总是抑止不住对后墙上的那一对活泼泼的白鸽的关切之情，没遍没数儿地跑到后院里，轻轻地撒上一把玉米粒儿。起始，两只白鸽大约听到玉米粒落地时特异的声响，挤在纸箱四方洞口探头探脑，像是在辨别我投撒食物的举动是真诚的爱意抑或是诱饵？我于是走开，以便它们可以放心进食。

终于出现奇迹。那天早晨，一个美丽的乡村的早晨，我刚刚走出后门扬起右手的一瞬间，扑啦啦一声响，一只白鸽落在我的手臂上，迫不及待地抢夺手心里的玉米粒儿。接着又是扑啦啦一声响，另一只白鸽飞落到我的肩头，旋即又跳弹到手臂上，挤着抢着啄食我手心里的玉米粒儿。四只爪子掐进我的皮肉，有一种痒痒的刺痛。然而听着玉米粒从鸽子喉咙滚落下去的撞击的声响，竟然不忍心抖掉鸽子，似乎是一种早就期盼着的信赖终于到来。

又是一个堪称美丽的早晨，飞落到我手臂上啄食玉米的鸽子仅有一只，我随之发现，另外一只静静地卧在纸箱里产卵了。新生命即将诞生的欣喜和某种神秘感，立时就在我的心头潮溢开来。遵照老舅的经验之说，我当即剪除了捆扎鸽子羽毛的绳索，白鸽自由了，那只雌鸽继续钻进纸箱去孵蛋，而那只雄鸽，扑啦啦扑向天空去了。

终于听到了破壳出卵的幼鸽的细嫩的叫声。我站在后院里，先是发现了两只破碎的蛋壳，随之就听到从纸箱里传下来的细嫩的新生命的啼叫声。那声音细弱而又嫩气，如同初生婴儿无意识的本能的啼叫，又是那样令人动心动情。我几乎同时发现，两只白鸽轮番飞进飞出，每一只鸽子的每一次归巢，都使纸箱里欢闹起来，可以推想，父亲或母亲为它们捕捉回来了美味佳肴。

我便在写作的间隙里来到后院，写得拗手时到后院抽一支烟，那哺食的温情和欢乐的声浪会使人的心绪归于清澈和平静，然后重新回到摊着书稿的桌前；写得太顺时我也有意强迫自己停下笔来，到后院里抽一支雪茄，瞅着飞来又飞去的两只忙碌的白鸽，聆听那纸箱里日渐一日愈加喧腾的争夺食物的欢闹，于是我的情绪由亢奋渐渐归于冷静和清醒，自觉调整到最佳写作心态。

这一天，我再也按捺不住神秘的纸箱里小生命的诱惑，端来了木梯，自然是趁着两只白鸽外出采食的间隙。哦！那是两只多么丑陋的小鸽，硕大的脑袋光溜溜的，又长又粗的喙尤其难看，眼睛刚刚睁开，两只肉翅同样光秃秃的，它俩紧紧依偎在一起，静静地等待母亲或父亲归来哺食。我第一次看到了初生形态的鸽子，那丑陋的形态反而使我更急切地期盼蜕变和成长。

我便增加了对白鸽喂食的次数，由每天早晨的一次到早、午、晚三次。我想到白鸽每天从早到晚外出捕捉虫子，不仅活动量大大增加，自身的消耗也自然大大增加，而且把采来的最好的吃食都喂给幼鸽了。

说来挺怪的，我按自己每天三餐的时间给鸽子撒上三次玉米粒，然后坐在书桌前与我正在交葛着的作品里的人物对话，心里竟有一种尤为沉静的感觉，白鸽哺育幼鸽的动人的情景，有形无形地渗透到我对作品人物的气性的把握和描述着的文字之中。

又是一个美丽的早晨，我在往地上撒下一把玉米粒的时候，两只白鸽先后飞下来，它们显然都瘦了，毛色也有点灰脏有点邋遢。我无意间往墙上的纸箱一瞅，两只幼鸽挤在四方洞口，以惊异稚气的眼睛瞅着正在地上啄食的父亲和母亲。那是怎样漂亮的两只幼鸽哟，雪白的羽毛，让人联想到刚刚挤出的牛乳。幼鸽终于长成了，所有可能发生的意外或不测的担心顿然化解了。

那是一个下午，我准备到河边上去散步，临走之前给白鸽撒一把玉米粒，算是晚餐。我打开后门，眼前一亮，后院的土围墙的墙头上，落栖着四只白色的鸽子，竟然给我一种白花花一大堆的错觉。两只老白鸽看见我就飞过来了，落在我的肩头，跳到手臂上抢啄玉米。我把玉米撒到地上，抖掉老白鸽，好专注欣赏墙头上那两只幼鸽。

两只幼鸽在墙头上转来转去，瞅瞅我又瞅瞅在地上啄食的老白鸽，胆怯的眼光如此显明，我不禁笑了。从脑袋到尾巴，一色纯白，没有一根杂毛，牛乳似的柔嫩的白色，像是天宫降临的仙女。是的，那种对世界对自然对人类的陌生和新奇而表现出的胆怯和羞涩，使人顿时生出诸多的联想：刚刚绽开的荷花，含珠带露的梨花，养在深山人未识的俏妹子……最美好最纯净最圣洁的比喻仍然不过是比喻，仍然不及幼鸽自身的本真之美。这种美如此生动，直教我心灵震颤，甚至畏怯。是的，人可以直面威胁，可以蔑视阴谋，可以踩过肮脏的泥泞，可以对叽叽咕咕保持沉默，可以对开恶闭卜眼睛，然而在面对美的精灵时却是一种怯弱。

小白鸽和老白鸽在那幢破烂失修的房脊上亭亭玉立。这幢由家族的创业者修盖的房屋，经历了多少代人的更替而终于墙颓瓦朽了，四只白色的鸽子给这幢风烛残年的老房子平添了生机和灵气，以致幻化出家族兴旺时期的遥远的生气。

夕阳绚烂的光线投射过来，老白鸽和幼白鸽的羽毛红光闪耀。

我扬起双手，拍出很响的掌声，激发它们飞翔。两只老白鸽先后起飞。小白鸽飞起来又落下去，似乎对自己能否翱翔蓝天缺乏自信，也许是第一次飞翔的胆怯。两只老白鸽就绕着房子飞过来旋过去，无疑是在鼓励它们的儿女勇敢地起飞。果然，两只小白鸽起飞了，翅膀扇打出啪啪啪的声响，跟着它们的父母彻底离开了屋脊，转眼就看不见了。

我走出屋院站在街道上，树木笼罩的村巷依然遮挡视线，我就走向村庄背靠的原坡,树木和房舍都在我眼底了。我的白鸽正从东边飞翔过来,沐浴着晚霞的橘红。沿着河水流动的方向,翼下是蜿蜒着的河流,如烟如带的杨柳,正在吐絮扬花的麦田。四只白鸽突然折转方向,向北飞去,那儿是骊山的南麓,那座不算太高的山以风景和温泉名扬历史和当今,烽火戏诸侯和捉蒋兵谏的故事就发生在我的对面。两代白鸽掠过气象万千的那一道道山岭,又折回来了,掠过河川,从我的头顶飞过,直飞上白鹿原顶更为开阔的天空。原坡是绿的,梯田和荒沟有麦子和青草覆盖,这是我的家园一年四季中最迷人最令我陶醉的季节,而今又有我养的四只白鸽在山原河川上空飞翔,这一刻,世界对我来说就是白鸽。

这一夜我失眠了,脑海里总是有两只白色的精灵在飞翔,早晨也就起来晚了。我猛然发现,屋脊上只有一双幼鸽。老白鸽呢?我不由得瞅瞄天空,不见踪迹,便想到它们大约是捕虫采食去了。直到乡村的早饭已过,仍然不见白鸽回归,我的心里竟然是慌惶不安。这当儿,舅父走进门来了。

"白鸽回老家了,天刚明时。"

我大为惊讶。昨天傍晚,老白鸽领着儿女初试翅膀飞上蓝天,今日一早就飞回舅舅家去了。这就是说,在它们来到我家产卵孵蛋哺育幼鸽的整整两个多月里,始终也没有忘记老家故巢,或者说整个两个多月孵化哺育幼鸽的行为本身就是为了回归。我被这生灵深深地感动了,也放心了。我舒了一口气:"噢哟!回去了好。我还担心被鹰鹞抓去了呢!"

留下来的这两只白鸽的籍贯和出生地与我完全一致,我的家园也是它们的家园;它们更亲昵地甚至是随意地落到我的肩头和手臂,不单是为着抢啄玉米粒儿;我扬手发出手势,它们便心领神会从屋脊上起飞,在村庄、河川和原坡的上空,做出种种酣畅淋漓的飞行姿态,山岭、河川、村舍和古原似乎都舞蹈起来了。然而在我,却一次又一次地抑制不住发出吟诵:这才是属于我的白鸽!而那一对老白鸽嘛……毕竟是属于老舅的。我也因此有了一点点体验,你只能拥有你亲自培育的那一部分……

当我行走在历史烟云之中的一个又一个早晨和黄昏,当我陷入某种无端的无聊无端的孤独的时候,眼前忽然会掠过我的白鸽的倩影,淤积着历史尘埃的胸脯里便透进一股活风。

直到惨烈的那一瞬,至今依然感到手中的这支笔都在颤抖。那是秋天的一个夕阳灿烂的傍晚,河川和原坡被果实累累的玉米棉花谷子和各种豆类覆盖着,人们也被即将到来的丰盈的收获鼓舞着,村巷和田野里泛溢着愉快喜悦的声浪。我的白鸽从河川上空飞过来,在接近西边邻村的村树时,转过一个大弯儿,就贴着古原的北坡绕向东来。两只白鸽先后停止了扇动着的翅膀,做出一种平行滑动的姿态,恰如两张洁白的纸页飘悠在蓝天上。正当我尽情于最轻松最舒悦的欣赏之中,一只黑色的幽灵从原坡的哪个角落里斜冲过来，直扑白鸽。白鸽惊慌失措地启动翅膀重新疾飞，然而晚了，那只飞在头前的白鸽被黑色幽灵俘掠而去。我眼睁睁地瞅着头顶天空所骤然爆发的这一场弱肉强食、侵略者和被屠杀者的搏杀……只觉眼前一片黑暗。当我再次眺望天空，唯见两根白色的羽毛飘然而落，我在坡地草丛中捡起，羽毛的根子上带着血痕，有一缕血腥气味。

侵略者是鹞子，这是家乡人的称谓，一种形体不大却十分凶残暴戾的鸟。

老屋屋脊上现在只有一只形单影孤的白鸽。它有时原地转圈，发出急切的连续不断的咕咕叫声；有时飞起来又落下去，刚落下去又飞起来，似乎惊恐又似乎是焦躁不安；我无论怎样抛撒玉米粒儿，它都不屑一顾更不像往昔那样落到我肩上来。它是那只雌鸽，被鹞子残杀的那只是雄鸽。它们是兄妹也是夫妻，它的悲伤和孤清就是双重的了。

过了好多日子，白鸽终于跳落到我的肩头，我的心头竟然一热，立即想到它终于接受了那惨烈的一幕，也接受了痛苦的现实而终于平静了。我把它握在手里，光滑洁白的羽毛使人产生一种神圣的崇拜。然而正是这一刻，我决定把它送给邻家一位同样喜欢鸽子的贤，他养着一大群杂色信鸽，却没有白鸽。让我的白鸽和他那一群鸽子合帮结伙，可能更有利生存。再者，我实在不忍心看见它在屋脊上的那种孤单。

它还比较快地与那一群杂色鸽子合群了。

我看见一群灰鸽子在村庄上空飞翔,一眼就能辨出那只雪白的鸽子,欣慰我的举措的成功。

贤有一天告诉我,那只白鸽产卵了。

贤过了好多天又告诉我,孵出了两只白底黑斑的幼鸽。

我出了一趟远门回来,贤告诉我,那只白鸽丢失了。我立即想到它可能又被鹞子抓去了。贤提出来把那对杂交的白底黑斑的鸽子送我。我谢绝了。

又过了一些日子,失掉我的两只白鸽的情感波澜已经平静。老屋也早已复归平静,对我已不再具任何新奇和诱惑。我在写作的间隙里,到前院浇花除草,后院都不再去了。这一天,我在书桌前继续文字的行程,窗外传来了咕咕咕的鸽子的叫声,便摔下笔,直奔后院。在那根久置未用的木头上,卧着一只白鸽。是我的白鸽。

我走过去,它一动不动。我捉起它来,它的一条腿受伤了,是用细绳子勒伤了的。残留的那段细绳深深地陷进肿胀的流着脓血的腿杆里,我的心里抽搐起来。我找到剪刀剪断了绳子,发觉那条腿实际已经勒断了,只有一缕尚未腐烂的皮连接着。它的羽毛变成灰黄,头上黏着污黑的垢甲,腹部黏结着干涸的鸽粪,翅膀上黑一坨灰一坨,整个儿污脏得难以让人握在手心了。

我自然想到,这只丢失归来的白鸽是被什么人捉去了,不是遭了鹞子？它被人用绳子拴着，给自家的孩子当玩物？或者连他以及什么人都可以摸摸玩玩的？白鸽弄得这样脏兮兮的，不知有多少脏手抚弄过它，却根本不管不顾被细绳勒断了的腿。我在那一刻突然想到，它还不如它的丈夫被鹞子扑杀的结局。

我在太阳下为它洗澡，把由脏手弄到它羽毛上的脏洗濯干净，又给它的腿伤敷了消炎药膏，盼它伤愈，盼它重新发出羽毛的白色。然而它死了，在第二天早晨，在它出生的后墙上的那只纸箱里……

1996年8月16日　西安

沙坪小屋的鹅

——丰子恺

抗战胜利后八个月零十天,我卖脱了三年前在重庆沙坪坝庙湾地方自建的小屋,迁居城中去等候归舟。

除了托庇三年的情感以外,我对这小屋实在毫无留恋。因为这屋太简陋了,这环境太荒凉了;我去屋如弃敝屣。倒是屋里养的一只白鹅,使我念念不忘。

这白鹅,是一位将要远行的朋友送给我的。这朋友住在北碚,特地从北碚把这鹅带到重庆来送给我。我亲自抱了这雪白的大鸟回家,放在院子内。它伸长了头颈,左顾右盼。我一看这姿态,想道:"好一个高傲的动物!"凡动物,头是最主要部分。这部分的形状,最能表明动物的性格。例如狮子、老虎,头都是大的,表示其力强。麒麟、骆驼,头都是高的,表示其高超。

狼、狐、狗等，头都是尖的，表示其刁奸猥鄙。猪猡、乌龟等，头都是缩的，表示其冥顽愚蠢。鹅的头在比例上比骆驼更高，与麒麟相似，正是高超的性格的表示。而在它的叫声、步态、吃相中，更表示出一种傲慢之气。

鹅的叫声，与鸭的叫声大体相似，都是"轧轧"然的，但音调上大不相同。鸭的"轧轧"，其音调琐碎而愉快，有小心翼翼的意味；鹅的"轧轧"，其音调严肃郑重，有似厉声呵斥。它的旧主人告诉我：养鹅等于养狗，它也能看守门户。后来我看到果然：凡有生客进来，鹅必然厉声叫嚣；甚至篱笆外有人走路，也要它引吭大叫，其叫声的严厉，不亚于狗的狂吠。狗的狂吠，是专对生客或宵小用的；见了主人，狗会摇头摆尾，呜呜地乞怜。鹅则对无论何人，都是厉声呵斥；要求饲食时的叫声，也好像大爷嫌饭迟而怒骂小使一样。

鹅的步态，更是傲慢了。这在大体上也与鸭相似。但鸭的步调急速，有局促不安之相。鹅的步调从容，大模大样的，颇像平剧里的净角出场。这正是它的傲慢的性格的表现。我们走近鸡或鸭，这鸡或鸭一定让步逃走。这是表示对人惧怕。所以我们要捉住鸡或鸭，颇不容易。那鹅就不然：它傲然地站着，看见人走来简直不让；有时非但不让，竟伸过颈子来咬你一口。这表示它不怕人，看不起人。但这傲慢终归是狂妄的。我们一伸手，就可一把抓住它的项颈，而任意处置它。家畜之中，最傲人的无过于鹅,同时最容易捉住的也无过于鹅。

鹅的吃饭,常常使我们发笑。我们的鹅是吃冷饭的,一日三餐。它需要三样东西下饭:一样是水,一样是泥,一样是草。先吃一口冷饭,次吃一口水,然后再到某地方去吃一口泥及草。这地方是它自己选定的,选的目标,我们做人的无法知道。大约泥和草也有各种滋味,它是依着它的胃口而选定的。这食料并不奢侈,但它的吃法,三眼一板,丝毫不苟。譬如吃了一口饭,倘水盆偶然放在远处,它一定从容不迫地踏大步走上前去,饮水一口,再踏大步走到一定的地方去吃泥,吃草。吃过泥和草再回来吃饭。这样从容不迫的吃饭,必须有一个人在旁侍候,像饭馆里的侍者一样。因为附近的狗,都知道我们这位鹅老爷的脾气,每逢它吃饭的时候,狗就躲在篱边窥伺。等它吃过一口饭,踏着方步去吃水、吃泥、吃草的当儿,狗就敏捷地跑上来,努力地吃它的饭。没有吃完,鹅老爷偶然早归,伸颈去咬狗,并且厉声叫骂,狗立刻逃往篱边,蹲着静候;看它再吃了一口饭,再走开去吃水、吃草、吃泥的时候,狗又敏捷地跑上来,这回就把它的饭吃完,扬长而去了。等到鹅再来吃饭的时候,饭罐已经空空如也。鹅便昂首大叫,似乎责备人们供养不周。这时我们便替它添饭,并且站着侍候。因为邻近狗很多,一狗方去,一狗又来蹲着窥伺了。邻近的鸡也很多,也常蹑手蹑脚地来偷鹅的饭吃。我们不胜其烦,以后便将饭罐和水盆放在一起,免得它走远去,让

261

鸡、狗偷饭吃，然而它所必须的盛馔泥和草，所在的地点远近无定。为了找这盛馔，它仍是要走远去的。因此鹅的吃饭，非有一人侍候不可。真是架子十足的！

鹅，不拘它如何高傲，我们始终要养它，直到房子卖脱为止。因为它对我们，物质上和精神上都有贡献，使主母和主人都欢喜它。物质上的贡献，是生蛋。它每天或隔天生一个蛋，篱边特设一堆稻草，鹅蹲伏在稻草中了，便是要生蛋了。家里的小孩子更兴奋，站在它旁边等候。它分娩毕，就起身，大踏步走进屋里去，大声叫开饭。这时候孩子们把蛋热热地捡起，藏在背后拿进屋子来，说是怕鹅看见了要生气。鹅蛋真是大，有鸡蛋的四倍呢！主母的蛋篓子内积得多了，就拿来制盐蛋，炖一个盐鹅蛋，一家人吃不了！工友上街买菜回来说："今天菜市上有卖鹅蛋的，要四百元一个，我们的鹅每天挣四百元，一个月挣一万二，比我们做工还好呢。哈哈哈哈。"大家陪他"哈哈哈哈"。望望那鹅，它正吃饱了饭，昂胸凸肚地，在院子里跨方步，看野景，似乎更加神气活现了。但我觉得，比吃鹅蛋更好的，还是它的精神的贡献。因为我们这屋实在太简陋，环境实在太荒凉，生活实在太岑寂了。赖有这一只白鹅，点缀庭院，增加生气，慰我寂寥。

且说我这屋子，真是简陋极了：篱笆之内，地皮二十方丈，屋所占的只六方丈，其余算是庭院。这六方丈上，建着三间"抗建式"平屋,每间前后划分为二室,共得六室,每室平均一方丈。中央一间,前室特别大些,约有一方丈半弱,算是食堂兼客堂;后室就只有半方丈强,比公共汽车还小,作为家人的卧室。西边一间,平均划分为二,算是厨房及工友室。东边一间,也平均划分为二,后室也是家人的卧室,前室便是我的书房兼卧房。三年以来,我坐卧写作,都在这一方丈内。归熙甫《项脊轩记》中说:"室仅方丈,可容一人居。"又说:"雨泽下注,每移案,顾视无可置者。"我只有想起这些话的时候,感觉得自己满足。我的屋虽不上漏,可是墙是竹制的,单薄得很。夏天九点钟以后,东墙上炙手可热,室内好比开放了热水汀。这时候反教人希望警报,可到六七丈深的地下室去凉快一下呢。

　　竹篱之内的院子,薄薄的泥层下面尽是岩石,只能种些番茄、蚕豆、芭蕉之类,却不能种树木。竹篱之外,坡岩起伏,尽是荒郊。因此这小屋赤裸裸的,孤零零的,毫无依蔽;远远望来,正像一个亭子。我长年坐守其中,就好比一个亭长。这地点离街约有里许,小径迂回,不易寻找,来客极稀。杜诗"幽栖地僻经过少"句,这屋可以受之无愧。风雨之日,泥泞载途,狗也懒得走过,环境荒凉更甚。这些日子的岑寂的滋味,至今回想还觉得可怕。

　　自从这小屋落成之后,我就辞绝了教职,恢复了战前的闲居生活。我对外间绝少往来,每日只是读书作画,饮酒闲谈而已。

我的时间全部是我自己的。这是我的性格的要求，这在我是认为幸福的。然而这幸福必须两个条件：在太平时，在都会里。如今在抗战期，在荒村里，这幸福就伴着一种苦闷——岑寂。为避免这苦闷，我便在读书、作画之余，在院子里种豆，种菜，养鸽，养鹅。而鹅给我的印象最深。因为它有那么庞大的身体，那么雪白的颜色，那么雄壮的叫声，那么轩昂的态度，那么高傲的脾气和那么可笑的行为。在这荒凉岑寂的环境中，这鹅竟成了一个焦点。凄风苦雨之日，手酸意倦之时，推窗一望，死气沉沉；唯有这伟大的雪白的东西，高擎着琥珀色的喙，在雨中昂然独步，好像一个武装的守卫，使得这小屋有了保障，这院子有了主宰，这环境有了生气。

我的小屋易主的前几天，我把这鹅送给住在小龙坎的朋友人家。送出之后的几天内，颇有异样的感觉。这感觉与诀别一个人的时候所发生的感觉完全相同，不过分量较为轻微而已。原来一切众生，本是同根，凡属血气，皆有共感。所以这禽鸟比这房屋更是牵惹人情，更能使人留恋。现在我写这篇短文，就好比为一个永诀的朋友立传，写照。

这鹅的旧主人姓夏名宗禹，现在与我邻居着。

三十五年四月廿五日于重庆

猫

——郑振铎

我家养了好几次的猫,结局总是失踪或死亡。三妹是最喜欢猫的,她常在课后回家时,逗着猫玩。有一次从隔壁要了一只新生的猫来。花白的毛,很活泼,常如带着泥土的白雪球似的,在廊前太阳光里滚来滚去。三妹常常取了一条红带,或一根绳子,在它面前来回地拖着摇着,它便扑过来抢,又扑过去抢。我坐在藤椅上看着他们,可以微笑着消耗过一二小时的光阴,那时太阳光暖暖地照着,心上感着生命的新鲜与快乐。后来这只猫不知怎的忽然消瘦了,也不肯吃东西,光泽的毛也污涩了,终日躺在厅上的椅下,不肯出来。三妹想着种种方法去逗它,它都不理会。我们都很替它忧郁。三妹特地买了一个很小很小的铜铃,用红绫带穿了,挂在它颈下,但只显得不相称。它只是毫无生意地,懒惰地，郁闷地躺着。有一天中午，我从编译所回来，三妹很难过地说道："哥哥，小猫死了！"

我心里也感着一缕的酸辛，可怜这两月来相伴的小侣，当时只得安慰着三妹道："不要紧，我再向别处要一只来给你。"

隔了几天，二妹从虹口舅舅家里回来，她道，舅舅那里有三四只小猫，很有趣，正要送给人家。三妹便怂恿她去拿一只来。礼拜天，母亲回来了，带了一只浑身黄色的小猫同来。立刻三妹一部分的注意又被这只黄色小猫吸引去了。这只小猫比第一只更有趣，更活泼。它在园中乱跑，又会爬树，有时蝴蝶安详地飞过时，它也会扑过去捉。它似乎太活泼了，一点也不怕生人，有时由树上跃到墙上，又跑到街上，在那里晒太阳。我们都很为它提心吊胆，一天都要"小猫呢？小猫呢？"地查问好几次。每次总要寻找了一回方才寻到。三妹常指着它笑骂道："你这小猫呀，给叫花的捉去才不乱跑呢！"我回家吃中饭，总看见它坐在铁门外边，一见我进门，便飞也似的跑进去了。饭后的娱乐，是看它爬树，隐身在阳光隐约的绿叶中，好像等待着要捕捉什么似的。把它捉了下来。它又极快地爬上去了。过了二三个月，它会捉鼠了。有一次，居然捉到一只很肥大的鼠，自此，夜间便不再听见讨厌的吱吱声了。

某一天清早，我起床来，披衣下楼，没有看见小猫，在小园里找了一遍也不见。心里便有些亡失的预警。

"三妹，小猫呢？"

她慌忙地跑下楼来，答道："我刚才也寻了遍，没有看见。"

家里的人都忙乱地寻找，但终于不见。

李妈道："我一早起来开门，还见它在厅上。烧饭才不见它。"

大家都不高兴，好像亡失了一个亲爱的同伴，连向来不大喜欢猫的张妈也说："可惜！可惜！这样好的一只小猫。"

我心里还有一线希望，以为它偶然跑到远处去，也许会认得归途的。

午饭时，张妈诉说道："刚才遇到隔壁周家的丫头，她说早上看见我家的小猫在门外，被一个过路的人捉去了。"

于是这个亡失是证实了。三妹很不高兴，咕噜着道："他们看见了，为什么不出来阻止？他们明晓得它是我家的！"

我也怅然地，愤恨地，咒骂那个不知名的夺去我们所爱的东西的人。

自此，我家好久不养猫。

冬天的早晨，门口蜷伏着一只很可怜的小猫，毛色是花白。但并不好看，又很瘦。它伏着不去。我们如不留养下来，至少也要为冬寒和饥饿所杀。张妈将它拾了进来，每天给它饭吃。但大家都不大喜欢它，它不活泼，也不像别的小猫那样喜欢玩耍。它好像是具有天生的忧郁性的，连三妹那样爱猫的人，对于它也不很注意。如此地过了几个月，它在我家仍是一只若有若无的动物。它渐渐地肥胖了，但仍不活泼。大家在廊前晒太阳闲谈着时，它也常来蜷伏在母亲或三妹的足下。三妹有时也逗着它玩，但并没有对于前几只小猫那样感兴趣。有一天，它因夜里冷，钻到火炉底下去，毛被烧脱好几块，更觉得难看了。

春天来了，它成了一只壮猫了，却仍不改它的忧郁性，也不去捉鼠，终日懒惰地伏着，吃得胖胖的。

这时妻买了一对黄色的芙蓉鸟来，挂在廊前，叫得很好听。妻常常吩咐张妈换水，加鸟粮，洗刷笼子。那只花白猫对于这一对黄鸟，似乎也特别注意，常常跳在桌上，对鸟笼凝望。

妻道："张妈，留心猫，它会吃鸟呢。"

张妈便跑来把猫捉了去。隔一会，它又跳上桌子对鸟笼凝望了。

一天，我刚要从楼上下来，忽听见张妈嚷道："啊呀！鸟死了一只了，给咬去了一条腿，笼板上都是血呢！什么该死东西咬它的！"

我匆匆跑下去看，只见一堆断毛零羽之中，一只满身血污的死鸟躺在那里，好像它死前曾和敌人挣扎了许久。

我很愤怒地嚷道："一定是猫！一定是猫！"便立刻去找这凶手。

妻听见了也慌忙跑下楼来，看见死鸟，心中很是难过，便道："不是猫咬死的还有谁？它常常对鸟笼望着，我早就叫张妈当心了。张妈，你干吗不当心！"

张妈默默无言，不能有什么话来辩护。

于是猫的罪状证实了。大家都去找这可厌的猫，想给它一顿惩戒。找了半天，却没找到。真是"畏罪潜逃"了，我心里忖。

三妹在楼上叫道："猫在这里了。"

它躺在露台板上晒太阳，态度很安详，嘴里好像还在吃着什么。我想，它一定还在吃那鸟腿，一时不由得怒气冲天，拿起楼门旁倚着的一根木棒，追过去打了一下。它很悲楚地叫了一声"咪呜！"便逃到屋瓦上了。

我心里仍旧愤愤的，以为惩戒得还没有快意。

隔了几天，李妈在楼下叫道："猫，猫？又拿鸟去了。"同时我看见一只黑猫飞快地逃过露台，嘴里衔着那剩下来的一只黄鸟，却并不是我们的猫。我于是顿觉自己的错误了！

我心里十分难过，真的，我的良心受伤了，我没有判断明白，便妄下断语，冤苦了一只不能说话辩诉的动物。想到它的无抵抗的逃避，益使我感到我当初的暴怒，我当初的虐待，都成为刺痛我良心的针了！

我很想补救我的过失，但它是不懂说话的，我将怎样对它表白我的误解呢？

两个月后,我们的猫忽然死在邻家屋脊上。我对于它的亡失,比以前两只猫的亡失更要难过得多。

我永无改正我的过失的机会了!

自此我家永不养猫。

一九二五年十一月七日于上海

珍珠鸟

——冯骥才

真好！朋友送我一对珍珠鸟。放在一个简易的竹条编成的笼子里，笼内还有一卷干草，那是小鸟舒适又温暖的巢。

有人说，这是一种怕人的鸟。

我把它挂在窗前。那儿还有一盆异常茂盛的法国吊兰。我便用吊兰长长的、串生着小绿叶的垂蔓蒙盖在鸟笼上，它们就像躲进深幽的丛林一样安全。从中传出的笛儿般又细又亮的叫声，也就格外轻松自在了。

阳光从窗外射入，透过这里，吊兰那些无数指甲状的小叶，一半成了黑影，一半被照透，如同碧玉，斑斑驳驳，生意葱茏。小鸟的影子就在这中间隐约闪动，看不完整，有时连笼子也看不出，却见它们可爱的鲜红小嘴儿从绿叶中伸出来。

我很少扒开叶蔓瞧它们，它们便渐渐敢伸出小脑袋瞅瞅我。我们就这样一点点熟悉了。

三个月后，那一团愈发繁茂的绿蔓里边，发出一种尖细又娇嫩的鸣叫。我猜到，是它们有了雏儿。我呢？决不掀开叶片往里看，连添食加水时也不睁大好奇的眼去惊动它们。过不多久，忽然有一个小脑袋从叶间探出来。更小哟，雏儿！正是这个小家伙！

它小，就能轻易地由疏格的笼子钻出身。瞧，多么像它的母亲：红嘴红脚，灰蓝色的毛，只是后背还没有生出珍珠似的圆圆的白点。它好肥，整个身子好像一个蓬松的球儿。

起先，这小家伙只在笼子四周活动，随后就在屋里飞来飞去。一会儿落在柜顶上，一会儿神气十足地站在书架上，啄着书背上那些大文豪的名字；一会儿把灯绳撞得来回摇动，跟着跳到画框上去了。只要大鸟在笼里生气地叫一声，它立即飞回笼里去。

我不管它。这样久了，打开窗子，它最多只在窗框上站一会儿，决不飞出去。

渐渐它胆子大了，就落在我书桌上。

它先是离我较远，见我不去伤害它，便一点点挨近，然后蹦到我的杯子上，俯下头来喝茶，再偏过脸瞧瞧我的反应。我只是微微一笑，依旧写东西，它就放开胆子跑到稿纸上，绕着我的笔尖蹦来蹦去，跳动的小红爪子在纸上发出嚓嚓响。

　　我不动声色地写，默默享受着这小家伙亲近的情意。这样，它完全放心了。索性用那涂了蜡似的、角质的小红嘴，"嗒嗒"啄着我颤动的笔尖。我用手抚一抚它细腻的绒毛，它也不怕，反而友好地啄两下我的手指。

　　有一次，它居然跳进我的空茶杯里，隔着透明光亮的玻璃瞅我。它不怕我突然把杯口捂住。是的，我不会。

　　白天，它这样淘气地陪伴我；天色入暮，它就在父母的再三呼唤声中，飞向笼子，扭动滚圆的身子，挤开那些绿叶钻进去。

　　有一天，我伏案写作时，它居然落到我的肩上。我手中的笔不觉停了，生怕惊跑它。待一会儿，扭头看，这小家伙竟趴在我的肩头睡着了，银灰色的眼睑盖住眸子，小红脚刚好给胸脯上长长的绒毛盖住。我轻轻抬一抬肩，它没醒，睡得好熟！还咂咂嘴，难道在做梦！

　　我笔尖一动，流泻下一时的感受：

　　　　信赖，往往创造出美好的境界。

1984年1月于天津

在喧嚣的世界里，
坚持以匠人心态认认真真打磨每一本书，
坚持为读者提供
有用、有趣、有品位、有价值的阅读。
愿我们在阅读中相知相遇，在阅读中成长蜕变！

好读，只为优质阅读。

人间值得爱

策划出品：好读文化　　　　　装帧设计：末末美书

监　　制：姚常伟　　　　　　封面插画：厚　闲

责任编辑：管　文　　　　　　内文制作：尚春苓

产品经理：牛　雪　　　　　　内文插画：李知弥

图书在版编目（CIP）数据

人间值得爱/汪曾祺等著；好读编.—北京：北京联合出版公司，2023.4（2025.6重印）
ISBN 978-7-5596-6658-1

Ⅰ.①人… Ⅱ.①汪… ②好… Ⅲ.①散文集—中国—现代②散文集—中国—当代 Ⅳ.①I266

中国版本图书馆CIP数据核字（2023）第027729号

人间值得爱

作　　者：汪曾祺　史铁生　季羡林　等著　好读　编
出 品 人：赵红仕
责任编辑：管　文
装帧设计：末末美书

北京联合出版公司出版
（北京市西城区德外大街83号楼9层　100088）
三河市嘉科万达彩色印刷有限公司　新华书店经销
字数168千字　880毫米×1230毫米　1/32　9.25印张
2023年4月第1版　2025年6月第6次印刷
ISBN 978-7-5596-6658-1
定价：49.80元

版权所有，侵权必究
未经书面许可，不得以任何方式转载、复制、翻印本书部分或全部内容。
本书若有质量问题，请与本公司图书销售中心联系调换。电话：（010）82069336